Invincible: un roman Western

Richard G. Hole

Far West 1

SYNOPSIS

Trois hors-la-loi, postés dans le terrain accidenté, apparurent soudain sur le chemin, le pointant du doigt.

Mais dès qu'ils eurent arrêté le voyageur et voulurent l'entourer pour le priver de l'argent, il, avec la légèreté acquise, sortit le petit revolver qu'il portait à sa taille, et de deux coups précis, qui vibrèrent presque simultanément, il abattit deux des hommes. hors-la-loi.

Lorsque le troisième, étonné, voulut réagir et repousser l'agression, un nouveau coup de feu lui apporta une main et un revolver, l'obligeant à dévaler un talus pour ne pas subir le sort de ses compagnons.

Invincible est une histoire appartenant à la collection Wild West, une collection de romans développés dans le Far West américain.

INVINCIBLE

CHAPITRE I

DEUX "BALLES PERDUES"

Bud Raines est né avec le « Colt » en main, selon l'affirmation unanime de tous les habitants de la région. Nous n'osons pas assurer que matériellement cela se serait passé comme ça, mais métaphoriquement, personne n'aurait permis d'assurer que ce n'était pas vrai.

Le matin où il vint au monde dans une ville joyeuse à côté d'un des grands méandres que forme le fleuve Colorado, appelé Grand Canyon, entre les réserves indiennes de Havasupai et le petit Colorado, son grand-père, le vieux Kelly, affirma très sérieusement en observant que Bud est venu sur la planète en se mordant férocement les deux poings :

– Regarde-le, le pauvre ; Il devient fou car il n'a pas pu sortir tirer sur un bon "Colt" de 45, comme toute sa famille.

Et réalisant qu'il était de son devoir de fournir au nouveau-né le « gadget si désiré », il sortit le sien de son étui, le dépouilla des balles et le plaça dans les mains tremblantes de Bud, qui porta avec colère le canon à sa bouche comme s'il c'était la bouteille la plus savoureuse.

Depuis ce jour, le jouet préféré pour le faire taire lorsqu'il attrapait un chien était le revolver. Grand-père Kelly, devenu sa gouvernante, l'a tenu dans ses mains, appuyant sur la gâchette pour distraire le garçon, et quand Bud a commencé à marcher, il lui a trouvé un vieux revolver, a attaché une corde à l'attaquant et Bud l'a traîné. à travers les salles du ranch comme s'il s'agissait d'un véhicule acheté dans le bazar le plus luxueux.

Lorsque Bud avait huit ans, son grand-père a insisté sur le fait que le moment était venu de commencer l'instruction primaire du néophyte, lui faisant répéter sérieusement le maniement de l'arme. Old Kelly, un grand dégustateur de tempéraments, a affirmé que le sang de son petit-fils était une charge de dynamite avec une mèche allumée à l'intérieur et, par conséquent, un homme d'un tel tempérament n'avait pas plus de dilemme que d'apprendre à manier le revolver mieux que quiconque. ou se soucier d'acquérir une bonne tombe dans le cimetière du village, de l'occuper au moment où son sang l'avertissait qu'il avait cessé d'être un garçon pour aspirer à devenir un homme.

Et à croire que la vieille Kelly avait raison. Bien avant qu'il ne s'y attende, Bud a eu l'occasion de montrer son impétuosité et d'attester à quel point il avait bien utilisé les leçons de son grand-père.

Alors qu'il n'avait que douze ans, il sortit un jour avec son père pour faire un voyage dans une ville voisine appelée Apex, où son père devait collecter la quantité de bétail vendu.

Ils retournaient au Grand Canyon au crépuscule, lorsque trois hors-la-loi, postés sur le terrain accidenté, apparurent soudain sur le chemin, pointant du doigt le père de Bud et le méprisant pour le considérer comme une créature avec la bouteille encore entre les dents ; Mais dès qu'ils eurent arrêté le voyageur et tentèrent de l'entourer pour le priver de l'argent, Bud, avec la légèreté que son grand-père lui avait fait acquérir pour manier l'arme, sortit le petit revolver qu'il portait à sa taille. , et avec deux tirs précis, qui vibraient presque simultanément, terrassèrent deux des hors-la-loi et lorsque le troisième, étonné, voulut réagir et repousser l'agression, un nouveau tir lui apporta une main et un revolver, le forçant à tomber d'un remblai pour ne pas subir le sort de ses compagnons.

L'exploit s'est répandu de bouche à oreille dans toute la région et Bud a commencé à être considéré avec respect, alors qu'il n'était qu'en âge de recevoir une fessée pour ses ébats.

La chose étrange était que Bud n'était pas tragiquement ravi de son exploit. Le sang ne parut pas l'impressionner et, lorsque son grand-père l'obligea à répéter pour la énième fois les détails de son exploit, le garçon assura très formellement :

« C'était quelque chose de précieux, grand-père. Il voulait vraiment répéter sur quelqu'un, car il était déjà fatigué de jeter les arbres et les canards sauvages. Il me semble que la prochaine fois que je tirerai à nouveau, je tirerai sur cette brute de Fred Sanders, qui m'a fait mordre le sol plusieurs fois avec ses terribles poings.

Fred Sanders était le fils du contremaître du ranch du père de Bud, un grand garçon trapu, du même âge que Bud et le meilleur ami de Bud. Ensemble, ils avaient grandi en liberté dans les pâturages, sans craindre Dieu ni le diable, et ensemble ils avaient commis d'innombrables petits braquages typiques de leur époque, s'entraidant quand quelqu'un subissait un désastre.

Les deux s'aimaient comme des frères ; Mais lorsque leurs divergences d'opinion ont explosé, ils ont réglé les critères avec leurs poings, et bien que Bud était fort et dur, son ami était plus habile et a fini par le battre.

Lorsque cela arrivait et que Bud était en colère, mais sans verser une larme, sans saigner de la bouche ou du nez, Fred le portait sur son épaule, ignorant les coups de pied de son ami, le transférant vers le ruisseau le plus proche, lavant ses blessures avec le soin que Je le ferais avec un petit frère et puis je lui dirais :

"Eh bien, Bud, ne m'en veux pas." Je le fais comme ça pour que tu apprennes à te défendre avec les poings, que les poings servent aussi à quelque chose. Un jour tu pourras me rejoindre et ce jour-là tu auras appris quelque chose dont tu devras me remercier.

Mais Bud n'a pas appris à battre Fred. Il avait répété ses poings robustes sur d'autres garçons plus âgés que lui, réussissant à les appliquer terriblement ; mais quand il a rechuté avec son ami, il a été fatalement vaincu par lui, et l'échec a allumé son sang et il a juré de se venger farouchement de lui.

Grand-père Kelly, il s'est vu et a voulu chasser cette idée de son esprit. Il ne devrait pas faire ça avec le meilleur ami qu'il possédait, et si Fred était plus doué que lui avec ses poings, son obligation était d'apprendre à mieux les manier, à le vaincre noblement.

Le succès de cette journée fut terrible pour lui. Enhardi par cette démonstration de maîtrise de l'arme, il n'a pas hésité à se montrer comme un petit tireur, et quand le bozo a commencé à pointer sous son nez et qu'il a pensé qu'il était un homme avec le droit d'alterner entre de vrais hommes, il le fit avec une telle vantardise que plus d'une fois il dut montrer que ce qu'il libérait par la langue, il pouvait le supporter avec le fusil à la main.

A dix-huit ans, et très peu de temps avant la mort de son père, et un effondrement survenu dans sa vie qui l'a presque plongé dans la tragédie, il a entendu des gens dire de la vallée qu'un terrible tireur appelé " el Rojo del Colorado ", et qu'il, usant de sa renommée et de sa sécurité au maniement du revolver, essuyait tous les industriels de Gran Canyon, vivait comme un roi et obligeait les joueurs à lui donner un bonus pour chaque nuit où ils ouvraient le jeu. dans les tripots.

Bud s'en fichait s'il arnaquait les joueurs. Il les haïssait, parce qu'il avait le soupçon qu'une fois ils lui avaient gagné cinq cents dollars avec de mauvais arts, bien qu'il ne pût le vérifier ; mais il ne pouvait pas admettre que personne dans la région ne prétendait imposer le respect avec les armes à la main pendant qu'il était là, et il a décidé d'achever le tyran.

Il chercha Fred et proposa simplement :

« Veux-tu que nous descendions au village et que nous terminions ce « Rouge » vantard et vaniteux ?

« Eh bien ; mais, ne pensez-vous pas que deux pour un va être un peu lâche ?

"Non. Nous allons vous proposer une chose. Nous vous donnons cinq minutes pour monter à cheval et sortir de la ville. Si je ne veux pas, laissez-le choisir entre vous le frapper ou moi tirer. Peut-être il te méprise, mais m'accepte, et puis...

"Bien accepté." Que vous choisissez ; Mais si ça te tue, dis-moi que je le transformerai en bouillie plus tard.

"Semble correct. Je ferai la même chose avec lui s'il te bat en premier.

Cette nuit-là, ils sont apparus à "El Gallo Verde", où l'intimidateur s'arrêtait plus fréquemment, et quand ils l'ont découvert à la table d'un pharaon, en train de regarder le match, Bud s'est approché de lui, a laissé tomber sa main sur son épaule et sans plus tarder, il a dit :

« Écoute, mon ami, celui-là « c'était Fred » et moi, ça nous dérange beaucoup qu'ici, là où nous sommes nés, il n'y ait personne qui prétende être plus fort et plus doué que nous. Ils disent que tu te vantes d'avoir poings de fer et agilité des mains, au volant du "Co1t", qu'il n'y a personne d'égal à vous. Eh bien, nous voilà prêts à vous montrer votre erreur, et nous ne vous laissons pas choisir plus de deux chemins : soit vous se battre avec ses poings, ou me tirer dessus, ou vous avez cinq minutes pour quitter la ville et oublier la route.

L'homme armé les regarda en souriant, très amusé, car il les considérait comme deux garçons imberbes, inconscients et vantards ; mais comme le défi avait été formel et devant beaucoup de monde, il répondit avec ironie :

"Je n'ai pas l'habitude de donner des fessées aux enfants, car je n'ai jamais considéré que c'était une affaire d'hommes ;" Mais quand les enfants insistent pour recevoir une fessée, ils doivent être contents. Je vais d'abord donner une bonne raclée à ce poing, puis je te mettrai deux balles dans les côtes pour que tu aies à gratter pendant un moment.

"Eh bien, reste avec le plan." Maintenant, dites-nous si vous préférez les violettes pour votre tombe, ou préférez-vous les conifères. Nous avons l'habitude de donner une couronne à tous ceux à qui nous offrons le repos éternel, et vous ne serez pas l'exception.

Le bandit éclata de rire et dit :

"Je ne veux pas vous ruiner les gars." Avec un bon bouquet de chardons, j'en aurai plein.

"Très bien. Eh bien, vous serez content.

La foule, qui connaissait bien Bud et Fred, était ravie de cet événement. Seul ce couple de fous pouvait les libérer sans exposition, pour leur part, des vols du tireur, et ils attendaient le combat avec impatience, car ils considéraient les deux rivaux dignes.

Fred ôta sa veste en cuir et son gilet, retroussant les manches de sa chemise pour révéler deux bras pas très épais, mais aux muscles terriblement cultivés, et s'adressant à "le Rouge", qui procédait à la même opération. , Il a dit:

"Quand vous voulez, nous pouvons commencer le spectacle."

Ils fixaient tous les bras poilus et noircis du hors-la-loi, et au fond, ils n'avaient pas parié un dollar sur Fred. Son rival était beaucoup plus coriace et plus lourd, et ils présumaient qu'il allait lui infliger une raclée à mort.

Le combat a commencé dans la salle de jeux du tripot, qui avait été nettoyée, laissant un grand espace aux concurrents, et ils ont, dans un combat magnifique, commencé le combat qui était dur, spectaculaire et excitant.

"El Rojo", malgré sa force et ses poings, a reçu de terribles caresses de Fred, qui s'est battu avec le plus grand courage; mais il savait aussi administrer à son rival des coups terribles qui faisaient pitié à son visage.

Tous deux saignèrent de la bouche, du nez et des sourcils, sans céder ni l'un ni l'autre dans le terrible combat ; mais on a observé que Fred pouvait moins résister que son ennemi résistant et que si le combat n'était pas nul, il pencherait en faveur du tireur.

Donc c'était ça. Alors que tous deux étaient déjà épuisés, "le Rouge" réussit à placer, par oubli, son énorme poing sur le menton de son rival, et lui, pris par surprise et avec ses énergies éteintes, roula sur le sol, le laissant sans connaissance. .

Le hors-la-loi se laissa tomber sur un tabouret, soufflant comme un ours, et demanda du whisky pour se recueillir, et Bud, qui l'observait calmement, s'approcha de lui en disant :

"Je suppose que tu ne seras pas en bonne condition pour manier le revolver et je ne veux pas qu'ils disent que j'en profite pour te tuer comme un poulet." Je lui donne toute la nuit pour se reposer et se rétablir, et demain, à dix heures, je viendrai le chercher pour que nous puissions terminer cette affaire. J'ai décidé qu'après dix heures cinq, vous ne devriez pas jeter une ombre sur le pays de cette ville, et je ne vous donnerai pas une minute de plus.

Le bandit, stressé par son triomphe, accepta la trêve et, après avoir presque vidé une bouteille de whisky, se retira pour se reposer.

Bud a pris le corps inanimé de son ami et l'a transféré au ranch, où il s'est occupé de le réanimer, ce qui lui a coûté beaucoup de travail, et quand il a réussi, il a dit :

« Vous n'étiez pas mauvais, mais votre tactique était mauvaise. Vous auriez dû travailler son estomac au lieu d'essayer de lui casser les dents. Je suis content que quelqu'un t'ait donné une fessée une fois dans la vie, mais je vais te venger. Demain, je tuerai cet idiot fanfaron et quand tu auras chaud, je te donnerai plus de coups qu'il ne t'a jamais donné pour t'avoir laissé battre.

Le lendemain, à l'heure prévue, il s'est rendu à « El Gallo Verde » à la recherche du tireur, qui était venu au rendez-vous comme un vrai homme. Fred s'était obstiné à accompagner son ami, car s'il tombait comme un bélier, il était prêt à se battre à nouveau avec l'indésirable et paralyser son cœur à battre pour venger son ami Bud.

Il a proposé:

"Allons dans un endroit où nous ne salirons pas le sol avec notre sang sale." A deux cents mètres de là, il y a un très bon champ de luzerne pour qu'ils nous y enterrent.

Le bandit a accepté et ils sont allés sur le terrain. Déjà là, un cow-boy s'était prêté pour faire office de parrain.

Les concurrents ont été placés à douze mètres, les bras pendant le long du corps, et le juge s'est retiré en prévenant qu'il donnerait une gifle préventive et une autre pour se dépêcher de tirer.

Bud, serein comme s'il assistait à un rodéo, avait les yeux fixés sur ceux de "Red", qui ne semblait pas très calme devant le calme de ce garçon presque imberbe, qui semblait avoir jugé trop légèrement, et lorsqu'il vibra la première gifle, tous deux se raidirent avec l'oreille attentive au final.

Lorsqu'elle vibrait comme un coup de canon, la main droite de Bud bougeait d'une manière improbable. Personne qui assistait au duel ne réalisa comment il avait atteint la crosse du revolver et comment il avait tiré ; mais le fait est que, lorsque "Red" avait à moitié extrait de l'étui son énorme "Colt", il avait reçu une balle en plein cœur qui l'avait privé de terminer sa tentative.

"The Red One" tomba à plat sur la luzerne, enfouissant son visage dedans, et Bud se tourna calmement vers Fred, disant :

"Voyons quand vous apprendrez à tirer comme ça." Tu es un con avec le "Col", et je pense que tu bouges même les poings.

"Eh bien," dit Fred calmement. Quand je guérirai, je te le montrerai dans ta propre chair.

Cet après-midi-là, le hors-la-loi fut enterré et Bud, se conformant à son offre, dit une prière pour l'âme du mort et déposa le fagot de chardons sur sa tombe.

Malgré ce désir de bagarre et de sang, Bud n'était ni un garçon endurci ni un sadique. Il avait un cœur d'or et était splendide à satiété, et ce n'est que lorsqu'il s'agissait du registre de son estime de soi dans le maniement de l'arme, qu'il devint une bête et ne reconnut ni amis ni ennemis.

Ses exploits lui avaient causé beaucoup de mécontentement, et le jeune homme, se rendant compte que la ville n'était pas un grand terrain d'expérimentation pour ses talents de destructeur, avait envie d'en sortir et de parcourir l'Ouest, afin, sans entrave ni restriction, de se mettre en réaliser son désir de Combattre ; mais l'opposition de son père était féroce et Bud a été forcé de satisfaire l'auteur de ses jours, qu'il aimait follement.

Mais un peu plus tard, le vieux Jim est décédé subitement, et Bud, au lieu de ranger le "Colt" et de s'occuper de sa succession, il lui est venu à l'esprit que c'était le bon moment pour faire plaisir à ses amis. empressement et, sans consultation préalable avec qui que ce soit, il a vendu le ranch et a décidé de partir au hasard.

Le jour où il s'apprêtait à voler, il chercha son fidèle ami Fred et lui dit :

"Eh bien, oiseau sans ailes, me voici pourrir entre cette vallée et ces murs calcaires du Colorado." Je vais courir le monde et faire plaisir au doigt. J'espère que quand je reviendrai, si je reviens, tes poings ne seront plus calleux de ne plus les utiliser.

Fred jura avec colère :

« Ne t'en moque pas, maudite silhouette ! Tu profites pour te moquer, parce que tu as de l'argent pour t'offrir ce luxe et pas moi. Si j'avais les dollars que vous avez dans ma poche, vous ne me le diriez pas.

Bud le secoua par l'épaule en criant :

« Sale coyote ! ... Qu'est-ce que tu dis? Est-ce juste l'argent qui vous lie ici ? Je l'ai pour quoi alors ? Ne déguisez pas votre lâcheté avec un subterfuge. Si ce que vous dites est vrai, emballez votre équipement et suivez-moi ! Tant que j'aurai un dollar en poche, il nous appartiendra à tous les deux.

Fred ne se força pas à répéter l'ordre. Il rentra chez lui, fit ses bagages, arrangea son cheval, et cette nuit-là, furtivement pour ne pas éveiller les soupçons de son père, qui était resté comme contremaître du ranch de Bud avec ses nouveaux propriétaires, ils partirent vers l'ouest pour entrer en Californie.

Ce furent trois années merveilleuses de vie sauvage et querelleuse dans l'Utah, le Nevada, l'Arizona et la Californie. Dépensant le produit de la vente du ranch, sans aucun souci, ils ont parcouru les parties les plus difficiles de l'Occident, toujours parmi des gens aux mains rudes et légères, et bien qu'ils aient été chargés de nombreux actes glorieux et triomphaux, plus d'une fois ils servaient de terrain d'expérimentation aux médecins locaux à l'ancienne, qui tentaient sur eux de nouvelles procédures de cures sauvages, sans que le diable puisse emporter dans leurs domaines ce fameux couple de combattants qui ne se battaient que pour le plaisir de se battre et de garder leur vanité d'hommes tendus et habiles au combat.

Mais un jour, avec de nombreuses émotions subies et quelques onces de plomb dans leur peau, ils ont réalisé que l'argent touchait à sa fin, et comme ils avaient assouvi leur désir de liberté et de bagarre, ils ont étudié la situation pour la première fois calmement et Ils décidèrent que le meilleur moyen était de retourner dans la maison perdue.

Bud ne s'est pas rendu compte qu'il n'avait plus de maison dans le Grand Canyon. Il l'avait vendu et sapé pendant ces trois années de vie sauvage, et tout ce qu'il allait trouver, c'était de nombreux souvenirs, certains agréables et d'autres douloureux, mais rien de plus.

Au lieu de cela, Fred avait son père. Celui-ci avait été contraint de quitter le poste à cause d'un accident subi lors d'un rodéo qui l'avait blessé au pied, mais ses employeurs lui avaient attribué une petite pension avec laquelle il pouvait à peine vivre.

Quand ils sont entrés dans la ville, les gens les avaient presque oubliés. Beaucoup de cow-boys étaient nouveaux et ne connaissaient Bud que de nom ; D'autres avaient effacé de leur mémoire les exploits de l'imberbe Bud, devenu un homme endurci, coriace, plus bâti et plus séduisant qu'à son départ, et personne ne prêta attention à l'homme qui revint avec la couronne du vainqueur, bien que cette couronne J'aurais été épuisé pendant le voyage.

Le père de Fred les a accueillis à bras ouverts, pardonnant la fuite du fils prodigue et, après le moment, s'est renseigné sur leurs plans.

"Je viens travailler, Père," dit Fred. Il ne me reste plus rien à voir en Occident et vous avez besoin de mon aide. Trouvez-moi un ranch et je serai un pion utile et coriace là-bas.

"Très bien, peut-être que je peux l'obtenir." Et toi, Bud, tu prépares quel plan ?

"Que le diable me prenne si je sais", dit le serveur. Je suis venu sur un coup de tête que je n'ai pas cessé d'examiner. Maintenant... Bien sûr, sans argent, je n'ai pas d'autre choix que de travailler.

"À propos de quoi?

« Qu'est-ce que ça va être ? Est-ce que je sais autre chose que la manipulation du bétail?

"Je suppose que non, mais... ne te sentiras-tu pas dénigré de travailler là où tu devrais être un vrai maître ?"

« Au diable la fierté de ce que vous ne pouvez pas avoir ! J'étais ce que j'étais et je serai ce que je devrais être. Je vais essayer de trouver un travail de contremaître s'ils veulent me le donner et ils pensent que je suis bon pour ça et alors... Dieu le dira.

"Écoute-moi, Bud," l'interrompit le père de Fred. Ne vous sentiriez-vous pas dénigré en acceptant le poste que j'ai dû quitter dans ce qui était votre ranch ?

«Pourquoi me sentirais-je dénigré?

« Parce qu'il serait pénible pour vous d'entrer pour être envoyé là où vous devriez envoyer.

« Bah ! Je suis un homme de chaque instant. J'ai fait ce que j'ai fait convaincu de ses résultats et cela ne me pèse pas. Maintenant, je sais que je ne peux pas être plus qu'un cow-boy et je l'accepterai sans réserve. Si c'est dans ce ranch, tant mieux. J'ai de l'affection pour lui et cette affection me fera travailler plus fort pour le défendre.

"Dans ce cas, je pense que je peux le réparer, à moins que Lou Big, son propriétaire actuel, ne s'y oppose pas." À la suite de mon accident, il a nommé Rex Milton comme contremaître, car il est l'ouvrier le plus âgé, mais Rex est loin du poste. Lou est à la recherche d'un contremaître solide et autoritaire qui connaît son métier et ne peut pas vous dédaigner.

"Eh bien, vous pouvez parler à M. Big, si vous le jugez bon; mais bien compris que je n'accepterai pas le poste si votre fils Fred n'entre pas comme un pion. Je veux avoir ce fichu cul sous mon contrôle, parce qu'il est un cow-boy inutile qui ne supporte pas un mauvais lasso et a encore besoin d'une jupe et d'une infirmière.

Fred remua en criant :

« Tais-toi, putain de tireur, ou je te tabasse !

« C'est de cela que nous devions parler. Ne te vante pas parce que tu m'as battu plusieurs fois. Je veux juste t'avoir sous mes ordres maintenant pour avoir une chance de te fesser autant de fois que tu es insubordonné contre moi.

"Nous allons nous disputer avec nos poings, et je crains que M. Big doive trouver un contremaître remplaçant lorsque vous êtes au lit avec le nez enflé."

"Eh bien, j'accepte le défi." Et maintenant, vous pouvez vous déplacer comme vous le souhaitez pour y parvenir.

Et le vieux Sanders l'a fait. Big ne pensait pas que ce soit une mauvaise chose d'avoir quelqu'un qui connaissait le ranch par cœur en tant que contremaître, et le lendemain il l'a admis, lui donnant le travail devant toute l'équipe, dont Fred est devenu une partie.

Bud a été franc dans son accueil. Il y avait encore quelques péons qui travaillaient sous lui lorsqu'il était propriétaire et il a promis de traiter tout le monde comme un partenaire, mais exigeant un retour comme il l'aurait demandé s'il continuait à être le propriétaire de l'hacienda.

Et donc Bud, après cette odyssée de trois ans, est retourné à la maison perdue, même si c'était maintenant une maison empruntée.

CHAPITRE II

BUD MARCHE TROP RAPIDEMENT

Pour Bud, c'était plus fort qu'il ne l'avait supposé son entrée dans le ranch. Deux émotions différentes et inattendues se sont heurtées en lui, produisant un trouble sentimental qui a mis du temps à être digéré.

La première était de rappeler tout un passé que le dynamisme de sa vie mouvementée avait balayé de son imagination, ne laissant qu'une légère réminiscence qui s'évanouissait parfois comme un rêve imprécis dont on ne peut se souvenir quels que soient les efforts déployés.

Ces murs lui racontaient son enfance heureuse, secouée par son grand-père Kelly, traînant toujours son revolver comme attaché à lui ; de sa mère décédée, alors qu'il avait à peine sept ans, celle qui l'avait aimé comme un être suprême et celle qui avait éprouvé de sérieux doutes et de profondes inquiétudes en connaissant une poudre prête à exploser pour rien, et, finalement, de sa père, sévère, mais doux et affectueux, dur dans l'exercice du devoir, doux quand l'affection débordait et elle se sentit revivre en lui pour l'avenir quand elle le vit, maintenant presque un homme, fort et grand, courageux et fougueux, conscient de son travail et promettant une vie de continuation de la course.

Puis... il se souvint de la dernière nuit avec elle ; lorsqu'il mourut par caprice du destin, il gisait sur le lit blanc avec son visage olive vêtu d'une patine ivoire ; ses moustaches molles tombant sur ses lèvres exsangues et ses mains fines et calleuses croisées sur son ventre, comme s'il voulait retenir la dernière douleur qui l'avait enlevé du monde avant de jouir du droit que lui donnait une ère d'efforts suprêmes au travail.

Peut-être que cela avait été l'une des raisons qui avaient poussé Bud à se débarrasser du ranch et à fuir l'environnement où tant de choses s'étaient produites et si peu de choses liées à cela pouvaient arriver. Maintenant, il semblait s'en rendre compte et ressentait une amertume cachée d'être revenu pour se souvenir de quelque chose qu'il avait si mal enterré, que maintenant cela refait surface avec plus d'amertume et de douleur que lorsqu'ils sont morts.

D'un autre côté, il a trouvé l'intérieur du ranch changé. Chaque propriétaire a ses goûts, et ainsi, l'actuel, différait beaucoup du précédent, peut-être parce que les années changent les coutumes et les goûts, comme la physionomie des gens change.

Cependant, il remarqua quelque chose de très subtil dans ce changement qui ne le rendit pas rancunier, mais plutôt étrange. Il ne pouvait pas tout à fait définir ce que c'était ; Mais elle la trouva plus gaie, peut-être plus blanche, avec des détails raffinés qu'elle n'en avait jamais vu, et ces détails, d'une spiritualité féminine, la ramenèrent au souvenir de sa mère, quand elle était la main sage et bienveillante qui s'occupait de la décoration insignifiante de la maison, contrastant avec la grossièreté de ses habitants.

Ce détail le reliait à cette autre émotion nouvelle qu'il avait éprouvée à son retour au ranch, et cette émotion avait vingt et un ans, sombre, avec des yeux noirs profonds, une taille fine et ondulante, de la galanterie dans la marche et la persuasion et la voix. Elle s'appelait Nancy et elle était la fille du nouveau propriétaire, Lou Big.

Dans la vie mouvementée de Bud, les femmes n'avaient d'autre signification que des accidents fortuits facilement oubliables. Aucun n'avait croisé son chemin avec une force ravissante, et tous étaient des passe-temps mineurs lors de ses voyages agités à travers l'Ouest. Si les marins pouvaient se vanter d'avoir laissé « un amour dans chaque port », il pourrait les parodier en affirmant qu'il avait laissé dans chaque village quelques heures d'amour ; mais le lendemain matin, la distance et la poussière des routes les avaient effacés.

Mais maintenant, au moment de jeter l'ancre définitive du navire de son existence, face à un panorama unique qui ne pouvait ni changer ni effacer de sa rétine l'impression des choses vues, la figure de Nancy, avec sa personnalité accusée et son irrésistible attirance . C'était comme une punition pour sa frivolité ; quelque chose qui le punissait de reconcentrer en une heure ce qu'il avait dispersé en tout pour un futur martyre que Dieu saurait comment il pourrait endurer, et cette considération lui fit regretter d'être revenu et, surtout, d'avoir accepté de rentrer cette maison, où l'on voyait maintenant comment elle pouvait être contemplée dans un miroir exotique où les figures étaient projetées dans la direction opposée à la réalité.

Un instant, il envisagea de prendre son cheval et de partir sans plus tarder. Son caractère était cela ; mais il y avait en lui un arrière-plan d'homme fier qui n'admettait pas la défaite sans un combat préalable.

S'il avait voulu être le premier dominateur du « Colt » dans tout le Colorado et qu'il y était parvenu, pourquoi n'aurait-il pas réalisé d'autres choses aussi ou plus difficiles que cela ?

Ne pas présenter un combat à l'amour, comme à la mort, ce serait renoncer à être qui il était, et plutôt que d'y renoncer, il préféra se voir dans le cimetière à côté de la tombe de son père, avec un bouquet de fleurs sur la dalle et face au soleil. , ou vers les nuages.

D'un autre côté, qui pourrait être contre essayer ? Personne, sauf celui qui était intéressé, et celui-ci pouvait aussi être battu. Nancy était célibataire, et pendant qu'elle l'était, elle n'avait rien perdu pour tenter sa conquête.

Il est vrai qu'il s'était rendu compte que ce vain Laurence Raft, prétendu héritier du ranch "Caja Bonita", une propriété qui avait plus de tradition dans la région que de valeur positive, mais, ce n'était pas un obstacle qui dérangeait beaucoup Bud. . Il pouvait être éliminé de bien des manières, soit en gagnant définitivement l'amour de Nancy, soit en lui défigurant le visage à coups de poing, soit en mettant quelques coups entre les deux sourcils pour l'éloigner de l'idée d'épouser la jeune fille. belle ranchera.

Et puisque Bud était un homme né pour se battre et que ce qu'il aimait le moins était l'inactivité, il a décidé de rester et de consacrer toute son énergie à deux choses : gagner la confiance et l'estime de son employeur, lui montrer qu'il était l'homme idéal pour devenir . charge de l'hacienda dans un avenir plus ou moins lointain, et de faire tomber amoureux Nancy, qui était, finalement, celle qui devait avoir le dernier mot dans cette affaire.

Et puisque Bud était toute volonté lorsqu'il l'a proposé, son travail de capture a commencé le jour même où il a étudié sa situation en profondeur, proposant d'effectuer les journées en double vitesse.

Bientôt le vieux Big comprit que l'acquisition qu'il avait faite en admettant Bud comme contremaître n'était pas un mythe. Le jeune homme a non seulement fait des merveilles dans les pâturages et des rodéos avec le bétail, mais a aussi offert dans ses heures libres de l'aider à porter les livres, de lui donner des conseils sur les marchés qu'il connaissait très bien et sur la vente des hatajos, et ce Son travail a été récompensé : Big lui a fait entièrement confiance et a non seulement amélioré son salaire, mais lui a également donné le statut d'homme dans l'intimité de sa maison plutôt que d'employé salarié de celle-ci.

Lorsque les circonstances le permettaient, Bud s'occupait de Nancy ; tantôt c'était en lui apportant de vraies montagnes de fleurs paysannes, qu'elle aimait beaucoup ; d'autres l'aidaient à fixer les pots infinis qu'elle avait installés sur la rambarde de la galerie supérieure ; certains, lui enseignant des tours d'équitation que la jeune fille ne connaissait pas, et tout cela toujours accompagné de leurs sourires les plus exquis, de phrases très respectueuses et de gestes élégants et retenus.

Ce travail de recrutement l'avait amené à s'éloigner quelque peu de la compagnie de son inséparable Fred. De nombreux samedis, elle renonçait à descendre au village pour s'amuser comme le faisait l'équipe, sous des prétextes divers, et parfois c'était parce qu'elle avait promis à Miss Nancy de l'accompagner pour voler le miel des rayons ; d'autres, car ils allaient tester la vitesse d'un nouveau jacquier et d'autres... sans donner d'explications précises. Un jour, Fred, ennuyé, le réprimanda :

"Hé, petit yearling, que penses-tu de mon physique ?"

« Phs ! Pas mal. Je les connais un peu plus moches.

« Penses-tu que si je peignais mon teint et que je mettais de jolies jupes, je te ferais me prêter un peu plus attention ?

« À quoi diable vient cette question ?

"Parce que vous n'avez plus de temps ni d'yeux à part Miss Nancy et le reste ne compte pour vous que dans le monde."

Bud a essayé de contrôler son rougissement à la découverte de son ami et a crié :

« Ne sois pas stupide, Fred ! Vous confondez galanterie avec les cornes des yearlings.

« Et un avec six ans pour te détourner de moi ! Fred a ajouté malicieusement. Vous avez votre cerveau englouti par ce bourgeon et vous allez avoir la déception numéro un de votre vie. Vous êtes trop haut pour votre taille.

"Parce que? rugit Bud, hors de lui.

"Parce que ni père ni fille ne voudra jamais de toi pour son mari." Il y a plus beau et avec plus d'argent.

Bud, impétueux, s'avança vers son ami et le secouant, cria :

« Répétez cela et je vous frapperai au visage !

« Eh bien, c'est répété, et maintenant essayez de voir si vous pouvez mettre votre menace à exécution.

Bud se précipita sur Fred, lui envoyant un tir direct qui détruirait sa mâchoire s'il l'attrapait complètement, et Fred recula brusquement, en appliquant un sur sa poitrine qui le renvoya rugir comme un tigre.

Pendant longtemps il débattit furieusement de vouloir marteler inutilement le visage de son ami, recevant, en retour, plusieurs caresses de sa part qu'il emboîtait dans la colère, jusqu'à ce qu'il se rende compte que s'il persistait il allait défigurer son visage, ce qui le ferait le sourire. à Nancy, il renonça à dire :

"C'est bon. Je ne suis pas en forme aujourd'hui. Un autre jour sera.

"Non, si tu es en forme, ce qui t'arrive c'est que tu ne veux pas qu'elle montre ton visage du doigt et elle rit quand elle sait les coups que je t'ai donnés." Oui, je te connaîtrai bien !

Bud, serrant les dents, avoua :

"C'est bon. Vous avez raison. Mais un jour je serai payé. D'ailleurs, tu es celui qui a le moins le droit de te moquer de moi.

« Qui se moque de toi, connard ? Ce que je fais, c'est vous avertir de ce qui peut vous arriver.

""Parce que? Ne suis-je pas aussi homme que n'importe qui d'autre ?

"Mais un homme n'a qu'un faible taux." Au lieu de cela, prenez, par exemple, Laurence Raft ; Il a plus de valeur.

"Que proposez vous? Bud rugit. Que chercher pour lui et lui mettre deux balles dans la bouche pour aigrir ce sourire stupide qu'il a ?

"Dieu vous garde de le faire." Alors elle vous en voudrait et le chemin emprunté serait inutile.

Bud était tourmenté par les remarques pessimistes de son ami. Elle n'avait jamais cédé du terrain à aucun homme dans aucun aspect de la vie et elle n'allait pas céder du terrain à Laurence maintenant, précisément sur le problème le plus vital qui s'était présenté à son cœur.

Bud réfléchit à la situation et crut avoir gagné son chemin dans l'amour de la jeune femme. Nancy était contente de lui et recherchait sa compagnie avec un certain intérêt, qui ne passa pas inaperçu.

Plus d'une fois, il avait remis l'orgueilleux éleveur à plus tard pour avoir fait un caprice avec Bud, qu'il reconnaissait comme plus viril, plus agressif, plus fin dans ses relations, et ces détails non seulement flattaient Bud, mais lui donnaient aussi des illusions pour le futur.

Mais en dehors de ces moments chaleureux de sentimentalité et de sérénité, le jeune homme était toujours l'homme impétueux et terrible qu'il avait toujours été.

Dans l'équipe, il y avait des éléments qui étaient entrés dans le Grand Canyon après leur marche et l'un d'eux, un Californien grand et fort comme du chêne, qui se vantait d'être un homme dur et querelleur et qui avait déjà causé d'innombrables bagarres dans la ville.

Scott, qui s'appelait le peon, se distinguait plus par son caractère provocateur que par son amour du travail, et Bud, qui n'admettait pas la grossièreté là où il se trouvait, le prit par le mouchoir qu'il portait autour du cou, à l'occasion de le surprenant errant dans les pâturages, et dit, sans se fâcher :

« Scott, je t'ai dit plusieurs fois que tu ne venais ici que pour travailler. Pour contempler le paysage, vous allez au Grand Canyon, qui les a magnifiques, et vous ne volez pas l'argent des gens en toute impunité.

Scott a trouvé la réprimande trop forte, surtout devant ses coéquipiers, et, s'enhardissant, a répondu :

« Hé, Bud, je pense que tu te montres beaucoup et je ne suis pas homme à supporter les menaces de qui que ce soit.

Bud n'a pas daigné répondre ; Il le prit par la taille avec sa main droite, sans lâcher le mouchoir gauche, le souleva en l'air et d'une merveilleuse volée le lança dans l'espace pour terminer le voyage aérien inattendu la tête la première dans l'un des étangs où il abreuvait le bétail .

Un chœur de rires bruyants accueillit l'exploit, et quand le péon humilié, dégoulinant et plein de limon, réussit à sortir sur le continent, il s'approcha de lui en disant :

« Et maintenant, je vais le rendre plus sec que l'alfa au soleil, avec mes poings.

Il sut appliquer à merveille les leçons qu'il avait reçues de Fred sur le visage et le corps de l'ouvrier, qu'il laissa dix minutes plus tard dans les bras de ses compagnons, afin qu'ils puissent tenter la difficile tâche de lui faire comprendre qu'il était toujours dans le monde des vivants.

L'exploit a été vu par Big, sa fille et Laurence Raft, qui ce matin-là étaient sortis avec le père et la fille au village. Big, amoureux de la discipline et friand de son rude contremaître, ne révéla pas l'impression que l'événement avait produite sur lui ; Nancy fut assez émue par l'agressivité et la galanterie du fougueux contremaître, et Laurence, qui se vantait d'être un dur et qui aimait s'en vanter, regarda du haut du cheval à Bud, qui fut terriblement agacé en le découvrant. près de la jeune femme. , et commenta avec mépris :

« Si tu avais été le contremaître de mon ranch, tu n'aurais pas permis à mes péons d'être traités comme ça. Les pâturages ne sont pas un tripot où les bagarres sont justifiées.

Bud remua avec colère, criant :

"Hé, Laurence, pourquoi n'entres-tu pas dans les choses qui te concernent et laisses-tu les choses qui ne t'intéressent pas ?" Si vous aimez vous battre dans les tripots, je ne le suis pas ; mais je dois le faire là où je trouve un homme qui m'ennuie, et vous m'ennuyez depuis longtemps.

Laurence, se voyant ainsi défié devant la jeune fille, sentit qu'il devait se montrer en sa présence en punissant cet être inférieur, qu'il haïssait aussi parce qu'il était si obséquieux envers Nancy, et d'un bond impétueux il se détacha du cheval. , essayant de tomber sur Bud. pour vous surprendre à l'automne; mais celui-là, qui attendait l'attaque, étendit les bras, le rattrapa dans la chute, et avant qu'il eût pu se retourner, il l'avait envoyé à la piscine, comme il avait envoyé Scott.

La posture qu'elle a dû adopter lorsqu'elle est tombée était sans doute si extravagante que Nancy, malgré le drame de la situation, ne put contenir un grand rire qui vibrait comme une cloche d'argent.

Bud a été intimement flatté de l'entendre rire, et alors qu'il approchait de l'étang, il a attendu que Raft s'échappe de la boue et quand il l'a fait, il lui a fait face en disant :

"Et maintenant je suis prêt à vous donner toutes les explications que vous voulez et dans le domaine de votre choix."

Big, effrayé, est intervenu pour dire :

« Arrête ça, Bud ! Vous avez dépassé vos actions. M. Raft est notre invité et je ne peux pas tolérer un tel traitement.

"Je ne peux pas non plus tolérer que quelqu'un en dehors du ranch censure mes méthodes pour garder les jolis enfants qui sont payés, ne travaillent pas et me menacent." Je ne pense pas que tu me paies pour ça.

"Bien sûr que non. Quoi qu'il en soit, je vous prie tous de mettre cet incident désagréable pour acquis. Allez, Raft, s'il te plaît. A l'étage du ranch, vous pouvez vous changer.

Radeau, les dents serrées, murmura :

« On réglera ça un jour, Bud. Je ne suis pas un homme qui laisse des factures impayées.

"Je te le paierai en revenu quand je le récupérerai," dit simplement Bud.

La situation créée par ces incidents a un peu effrayé Big. Son contremaître était un homme idéal, mais son caractère menaçait de créer un grave conflit pour elle, en particulier en servant de médiateur entre lui et Raft. Quelques jours plus tard, quand le samedi arriva, Bud ne voulut pas quitter le ranch, et le dimanche, seul et ennuyé dans le hangar, il dessina sa vieille guitare mexicaine qu'il n'avait pas dessinée depuis longtemps, et assis sur un banc dans le patio, il se consacra à le presser, chantant de vieilles chansons aériennes espagnoles, qu'il avait apprises au cours de ses promenades à travers l'Occident.

Bud avait une excellente voix de baryton et beaucoup de goût et d'émotion lorsqu'il chantait, et ainsi, dominé ce jour-là par une mélancolie dont il ne comprenait pas d'où elle venait, il se consacra à improviser des chansons sur de vieux thèmes musicaux hispaniques, qui étaient toujours visant à chanter une chanson. amour silencieux et impossible.

Une fois qu'elle leva les yeux vers la balustrade où Nancy se penchait pour regarder les couchers de soleil, et les yeux plissés, elle chanta :

j'ai des chardons ardents

dans mon coeur;

tes yeux les ont attrapés

vicieusement et sans compassion.

Et bien qu'à la fin, dans ma poitrine

ne reste que,

je te supplie de me serrer dans mes bras

avec l'éclat de tes yeux.

Rancherita ! ... Rancherita !

Regarde-moi par compassion

jusqu'à ce qu'il ne reste plus rien

de mon pauvre coeur ! ...

La dernière strophe mourut dans sa gorge dans un trémolo excité, et quand il s'y attendait le moins, la voix fraîche et harmonieuse de Nancy, un peu trop excitée, s'écria de la balustrade :

« Très beau couplet, monsieur Raines ! Je ne te connaissais pas si sentimentale et avec une si belle voix !

Bud, comme un écolier pris dans le noir, rougit jusqu'au blanc des yeux lorsqu'il fut surpris dans cet acte intime de ses sentiments cachés, et balbutia :

« Oh, excusez-moi, je ne savais pas que vous étiez là ! »

« Et ça a à voir ? J'ai beaucoup aimé ses chansons. Vous jouez très bien de la guitare et chantez mieux.

« Merci beaucoup, Miss Nancy. » Je le cultive peu. Parfois, quand je suis un peu triste, je me déplace...

Elle se sépara de la balustrade et descendit dans le patio baigné par le reflet de la lune qui peignait la vigne luxuriante qui étreignait le porche d'argent.

Nancy était merveilleusement belle, dans une robe fleurie, les cheveux lâchés, et le décolleté blanc et retourné souligné par le bleu du tissu. Bud s'évanouit presque alors qu'il la regardait se diriger vers lui sous cette apparence et ce moment sentimental de sa vie.

Nancy s'est approchée de lui et, tendant son bras d'ébène, a pris la guitare, que Bud lui a tendue avec des tremblements d'angoisse. La jeune fille a posé son pied gauche sur le banc de pierre, exposant sa jolie jambe, a installé la guitare sur ses genoux et après avoir vérifié le caractère des cordes, elle a gratté une chanson mexicaine avec beaucoup de grâce et de style.

Enfin, à voix basse, mais avec un timbre qui était un compliment et un encouragement, il chanta :

Manito, ne désespérez pas,

que l'amour est une étoile ;

celui qui veut l'atteindre

ça va le monter.

Puis, il offrit la guitare à Bud en disant :

« Un jour, je devrai vous demander de chanter pour moi.

Lui, stimulé par le distique, croyant que c'était comme une promesse cachée, s'approcha d'elle en lui demandant à voix basse :

« Croyez-vous au sens de ce couplet ?

Elle le fixait dans la pénombre argentée qui l'enveloppait, et ses yeux brillaient comme deux charbons allumés en or.

"Pourquoi pas? Il a répondu. Tous les versets ont un sens dans la vie.

« Oui, comme toutes les choses, ils ont tendance à avoir une barrière difficile à franchir. Qui peut atteindre une étoile ?

"Celui qui en a la volonté, la détermination et l'esprit." Vous pouvez aller au paradis avec votre pensée et votre âme. Il y a des choses qui ne sont pas tangibles pour la main, mais pour l'esprit.

« Et la viande ne compte pas ? Nous sommes humains et nous débattons sur terre. Tout ce qui n'en vient pas et peut nous satisfaire corporellement ne calme pas nos inquiétudes.

"Alors vous devez arrêter de souhaiter que les étoiles aspirent à quelque chose de plus banal dans la vie."

"Parce que? Est-ce prosaïque de désirer l'amour d'une femme ?

"Son amour, non." Votre amour peut être comme une étoile pure et brillante ; mais il y a ceux qui sont aveugles et cessent de voir l'étoile pour ne voir que l'enveloppe.

"Cela est laissé aux esprits grossiers." Je suis un homme rude et violent dans une certaine mesure. J'ai dû lutter contre le matérialisme de la vie, car la vie ici impose la grossièreté et la violence ; mais, précisément par contraste, j'ai toujours aspiré à la spiritualité de quelque chose qui sert de refuge à l'âme endurcie et ce refuge ne peut être trouvé que chez une femme.

« Combien en avez-vous trouvé qui vous l'ont offert et l'ont méprisé ?

"Rien. Beaucoup de femmes ont marché sur mon chemin. Tous avaient laissé la fange envahir les eaux pures de leur âme. La mienne n'a pas pu se baigner dans un étang quand elle a essayé de sortir de la sienne.

"Alors console-toi." Un jour tu le trouveras.

« Et si je l'ai trouvé et qu'il y a un mur devant qui m'empêche de l'atteindre ?

Nancy le regarda étrangement pendant un moment et répondit :

« N'êtes-vous pas un homme courageux et risqué, pour qui il n'y a pas d'obstacles ? Eh bien, sautez-le.

Bud avait l'impression qu'un couteau avait été planté en lui, aiguisant son sang brûlant. Il regarda un instant Nancy, qui se tenait devant lui belle, séduisante, provocante, et, incapable de contenir l'élan qui le poussait en avant, il se jeta sur elle, la saisit par la taille et dans un mouvement fébrile chercha sa bouche à tamponner. en elle un baiser qui était comme l'abandon total de son âme se consumant d'amour. Nancy entama un recul instinctif, comme pour tenter d'échapper à l'indignation ; mais il ne pouvait pas et ses lèvres rouges et chaudes sentaient le feu dévorant de ce baiser.

Soudain, une voix rauque et âpre brisa le charme de l'instant sublime, déclarant avec colère :

« Espèce de vaurien ! ... Vous me raconterez l'outrage que vous avez commis avec Miss Big !

Bud relâcha brusquement la jeune femme, qui recula devant la voix menaçante, et se trouva nez à nez avec Laurence, qui, la main sur la crosse du revolver, le poignarda des yeux, dans lesquels il flamba. la flamme de la haine la plus concentrée.

Bud se raidit. Il avait ôté sa ceinture et ne portait aucune arme.

Contractant ses muscles, il répondit :

« Comment voulez-vous que je réponde à votre défi si vous avez des armes et pas moi ?

« Bien sûr, pour insulter une femme, ils n'étaient pas exacts ; pour combattre un homme il vaut mieux ne pas les porter et ainsi la peur est mieux cachée.

Bud tremblait de colère en entendant ces phrases. Aucun homme ne s'était jamais permis de lancer une telle insulte et bien plus encore devant une femme comme celle qui pour lui était tout dans la vie.

S'avançant intrépidement, il répondit :

"Tirer! Tirez maintenant et tuez-moi lâchement si c'est ce que vous voulez dire, ou laissez-moi me battre avec vos propres armes ! J'ai le revolver dans le hangar.

Laurence, qui n'était pas un lâche même s'il était un imbécile, déboucla sa ceinture, la jeta dans un coin et dit :

"Je ne suis pas un meurtrier." Je suis plus noble que toi, car je n'outrage pas une femme et ne combats pas les hommes face à face. Tu m'as traîtreusement jeté dans l'étang l'autre jour. Voyons si maintenant, sans avantages, il est capable de me battre comme alors.

Bud vit le ciel s'ouvrir avec cette offrande. Il détestait Laurence, mais n'avait d'autre choix que d'admirer son honnêteté et s'est mis à le combattre noblement.

"Merci," dit-il. Sinon je l'aurais tué. De cela, je me contenterai d'appliquer une punition sévère. Ils montaient tous les deux la garde et s'étudiaient, prêts à se battre rudement et jusqu'à la dernière limite. Ils fixaient la femme qui était tout dans leur vie, et même s'ils ne savaient pas par qui serait décidé par qui, ils étaient prêts à faire tout ce qu'ils pouvaient pour faire pencher la balance en leur faveur.

Laurence était plus grand et plus lourd que Bud, mais Bud possédait une agilité extraordinaire, une endurance très cultivée et une rage qui dépassait celle de son ennemi.

C'est Laurence, la plus en colère et la plus nerveuse, qui a lancé l'attaque, et Bud s'est vite rendu compte qu'il n'était pas un ennemi méprisable. Il connaissait de nombreuses règles de boxe et ce n'était pas une tâche facile de le surprendre.

Mais il avait aussi appris beaucoup de choses de Fred, qui au prix de l'obliger à prendre des coups très durs, lui avait appris des trucs et des règles qu'il ne pouvait oublier, et ainsi, esquivant les assauts durs de son rival, il fit vite demi-tour. lui pour le fatiguer et briser la dureté de ses coups de fatigue.

Laurence fut la première à faire sentir la dureté de son poing. D'un coup d'œil, il frôla le front de Bud, qui pensa avoir été touché par un morceau de pierre, mais réussit à esquiver le coup et à s'échapper avec cette demi-caresse.

Bientôt, il put voir que, de loin, Laurence était un adversaire redoutable, dont la garde était difficile à briser. Toujours les bras au niveau du visage, il couvrait son menton et de temps en temps il étirait, comme un ressort, son bras droit, cherchant le visage de son ennemi, qui devait éviter les coups avec un dur jeu de taille ou avec félin saute, sans pouvoir toucher son adversaire.

Cela l'a rendu furieux. Il se souvint de la tactique de Fred et se souvint qu'il ne pouvait le briser qu'avec des combats courts et entrer dans le territoire de son ennemi.

S'exposant à un coup dur, il sauta dans la garde de Laurence, le frappant au foie.

L'éleveur, bien qu'il voulait fuir, n'y parvint pas, car Bud se colla à lui comme une patelle à la pierre, puis il fut contraint d'accepter le combat sur le terrain qui lui était proposé, cherchant un moyen d'annuler son adversaire.

Mais il avait porté des coups durs au foie et au cœur qui brisaient les forces de Laurence, et maintenant le combat était égal, car l'éleveur, accusant les coups, haletait comme un taureau après une longue course.

Quand ils se sont séparés, Bud a eu un œil au beurre noir à cause d'un crochet court lancé sur lui, mais Laurence s'est plié en deux de douleur et s'est couvert avec difficulté.

Chauds et aveuglés par les coups qu'ils recevaient, ils se jetaient à plein dans un suprême désir de s'éliminer rapidement, et maintenant ils ne prenaient soin que d'essayer de porter les coups de grâce plutôt que de se couvrir pour ne pas les recevoir.

Bud saignait d'une oreille et avait un œil au beurre noir ; Laurence avait un sourcil fendu et des lèvres gonflées, mais ni l'un ni l'autre n'abandonna et ils redoublèrent d'efforts pour chercher la fin du combat.

Laurence, défaillante, chercha le coup de grâce au menton de son ennemi et lui étendit le bras d'un air fougueux cherchant son visage ; Mais Bud a réussi à esquiver à temps et le bras du rancher a flotté au-dessus de son épaule, le forçant à se pencher en avant, s'appuyant presque sur la poitrine de Bud. Il le repoussa de la main gauche, et de la droite il lui écrasa le visage, le jetant en arrière comme poussé par un coup de vent.

Comme une masse sans vie, il tomba à la renverse, s'écrasant tête baissée dans les pierres dures du patio, et il gisait là, ne montrant aucun signe de vie.

Haletant, Bud se redressa et, après avoir passé sa main sur son visage pour essuyer le sang qui l'aveuglait, essaya de sourire et tourna les yeux vers le porche où Nancy s'était retirée, bouche bée par l'excitation du terrible combat qu'elle venait de mener. . témoin; mais alors qu'il était sur le point d'amorcer un sourire amical envers elle, le sourire se figea sur ses lèvres.

Debout sur les marches du porche, les bras croisés, froid et dominant, se tenait Big, qui, descendant lentement l'échelle, s'approcha de Bud en disant d'un ton glacial :

"C'est intolérable, M. Raines." Je vous ai prévenu l'autre jour que je n'étais pas disposé à permettre que mes invités soient traités de cette manière dans ma propre maison, et vous avez osé répéter l'action à nouveau. Qu'avez-vous à argumenter en votre faveur ?

Bud lança un regard angoissé à Nancy, qui se tenait appuyée contre le mur comme une statue de glace, et baissant les yeux avec soumission, répondit :

"Rien, M. Big." Vous avez raison et mon devoir est de respecter vos décisions. Les raisons qu'il pourrait citer sont si personnelles qu'il ne les révélerait à personne au monde.

Il se tourna pour partir et lorsqu'il découvrit la guitare appuyée contre le mur, il la prit ; Il la fixa un instant, puis la plaqua contre le banc, disparaissant dans la remise.

CHAPITRE III

BIG PRÉPARE UN PIÈGE

M. Big, étonné, regarda sa fille, qui, haussant les épaules et sans dire un mot, disparut à travers le porche, et Big, stupéfait, devinant quelque chose d'étrange dans cette attitude et dans ce duel, appela le cuisinier, qui vint précipitamment .

"John. Il a dit : « Aidez-moi à emmener cet homme dans le bassin pour le rafraîchir. » Alors trouve-moi l'armoire à pharmacie. Entre eux, ils l'ont plongé dans l'eau froide pendant plus d'une demi-heure, jusqu'à ce qu'enfin Laurence semble commencer à montrer des signes de vie.

Big donna alors l'ordre de le transférer dans l'une des salles du ranch, et prenant la trousse de premiers secours que John lui présenta, il lava les plaies, appliqua des compresses d'iode et le banda du mieux qu'il put, jusqu'à ce qu'il soit un peu présentable. .

Ne sachant que faire d'autre pour lui, il le laissa dans un profond sommeil et s'installa dans son bureau, où il fit venir sa fille.

Ceci, devinant que l'un des moments les plus décisifs de sa vie était venu pour elle, est venu avec les dents serrées et les yeux distraits. Sa pensée était bien plus éloignée que son corps de cet enclos étroit.

Big, qui adorait sa fille et qui pour elle aurait été capable des plus grands sacrifices, indiqua une chaise devant lui puis demanda :

— Voyons, Nancy, toi qui as été témoin du combat, dis-moi à quoi tu as obéi.

Après un moment d'hésitation, elle répondit d'une voix ferme :

« Papa : un homme t'a dit que ses raisons étaient si personnelles qu'il ne les révélerait à personne au monde. Pourquoi devrais-je être celui qui trahit ces sentiments ?

« Je me fiche de ce genre de vantardise. Les gens ne se battent pas pour le plaisir de se battre devant une femme, surtout lorsque cette femme a une amitié très étroite avec l'un des concurrents.

"Bien sûr que non; mais ce sont ses affaires. Si Laurence pense le contraire, laissez-le vous le dire.

« Vous déclinez ? Tu ne me fais pas assez confiance pour me le dire ?

"Oui; mais il s'agit de deux hommes. Laissez-les parler s'ils le jugent pertinent. J'approuve pour ma part l'attitude de votre contremaître.

Il s'approcha de la jeune fille et, posant sa main sur son épaule, lui demanda affectueusement :

« C'était à cause de toi ?

« Ne l'aimeriez-vous pas ?

"Je ne sais pas. Je pense que oui, parce qu'aucun d'eux ne m'a juste rempli.

« Ne dites-vous pas que Bud est un homme magnifique ?

"En tant que contremaître, oui." Comme autre chose, non. Il n'a pas un dollar, c'est un homme tellement impulsif et querelleur qu'il serait capable de vous traiter comme du bétail ou comme des hommes qui ne sont pas gentils avec lui ; et quant à Laurence, ce n'est pas un mauvais jeu, il a un bon type, il est relativement riche, mais c'est un imbécile et je pense qu'il n'a pas grand chose à se cacher dans la tête.

"Je me demande s'il se passe la même chose dans son cœur", répondit-elle, avec un vague dont Big ne pouvait déchiffrer le sens.

« Est-ce que vous persistez à cacher ce qui m'est arrivé ?

« Je t'ai déjà dit que c'était le leur. Si Laurence pense qu'il devrait vous le révéler, laissez-le faire.

"Bien. Cela ne veut pas dire que je soupçonne que vous avez été la cause du combat.

« Suspecte ce que tu veux, papa ; » Mais tant que vous n'êtes pas sûr, ne faites pas sonner les cloches.

Et, se retournant, il quitta le bureau, laissant son père plongé dans un océan de confusion.

Le lendemain matin, alors que Laurence était en mesure de se rendre compte de la réalité, l'éleveur est venu au ranch pour s'enquérir de son état, et Laurence, maudissant comme un cow-boy, s'est exclamé :

"Merci beaucoup de votre intérêt, monsieur, mais je soupçonne que vous n'avez pas très bien pensé, à me laisser encore fesser par ce maudit contremaître, le diable le confond." Il a des poings d'acier et il m'a fait tomber négligemment. En tout cas, je me console car je sais que je lui ai aussi donné le sien.

« C'était ainsi, ma chère, mais... tu veux me dire sur quoi portait le combat ?

Laurence le dévisagea un instant avec étonnement, puis répondit :

« Lui avez-vous demandé ?

"Oui, mais tu as refusé de me le dire."

Laurence, impétueuse, sans mesurer ses propos, dit :

« Bien sûr qu'il refuserait ! Ce qu'il a fait n'a pas été fait par des hommes honnêtes et c'est pourquoi il l'a gardé pour lui ; mais je n'ai aucun problème à lui dire. Je l'ai surpris en train d'embrasser Miss Nancy et je me suis senti obligé de prendre sa défense.

Big se raidit à la déclaration de l'éleveur. Si oui, pourquoi Nancy n'avait-elle pas été aussi indignée que lui, et pourquoi ne le lui avait-elle pas révélé en exigeant avec indignation qu'il soit immédiatement expulsé du ranch ?

Big a deviné beaucoup de choses en un instant. Il comprenait l'attitude digne de Bud assumant la responsabilité du combat sans en découvrir les causes, pour ne pas interroger Nancy ; Il devina qu'elle n'avait pas été très offensée par le traitement affectueux qu'elle avait reçu de lui et éprouva une certaine répulsion envers Laurence sachant qu'il était si vaniteux qu'il n'admettait pas la possibilité qu'un autre homme puisse avoir plus d'influence sur sa fille que lui. et, d'un ton méprisant, je demande :

« Vous êtes-vous arrêté pour demander si ma fille aimait votre implication dans ses affaires personnelles ?

Laurence, comme si elle s'exprimait dans une langue incompréhensible, regarda les yeux grands ouverts vers l'éleveur et s'exclama :

"Mais M. Big... pouvez-vous supposer que votre fille...?"

« Je suppose que rien. Je me bornerai à vous demander si vous avez obtenu d'elle l'autorisation de défendre votre juridiction.

"Bien sûr que non! J'ai honnêtement supposé que...

"Je pense que vous avez fait une erreur regrettable, M. Raft, et que vous avez aggravé la situation en révélant l'origine du combat." Ni Bud ne voulait me le dire, ni ma fille non plus. Si ça ne te dit rien...

Laurence, désolée, se leva péniblement de son lit et s'écria :

"Oh mon Dieu! ... Est-il possible que ...?

"Rien n'est possible et tout est possible." Je pense que tu es très brisé par cette raclée qui aurait pu être évitée en ne t'impliquant pas dans une affaire pour laquelle personne ne t'avait donné l'autorisation et je pense que la meilleure chose est que tu te consacres à prendre soin de toi calmement. Je vais ordonner que le concert soit branché pour le transférer dans son ranch, et j'espère que la chose n'est pas grave.

Laurence s'apprêtait à répondre, mais l'émotion était telle qu'il retomba sur l'oreiller en respirant fort.

Big quitta la pièce et, se rendant à son bureau, appela sa fille. Celui-ci, intrigué, a répondu à l'appel. Big, paraissant calme, dit :

« Je viens juste de voir Laurence. Il va mieux maintenant et peut être transféré dans son ranch.

"Je suis contente. Je pense que le mauvais moment pourrait être évité.

"Je te l'ai dit aussi," déclara simplement l'éleveur.

Nancy le regarda intensément un instant, puis elle baissa les yeux, un peu empourprée, n'osant dire un mot.

Big, excité, s'est approché d'elle et lui a demandé :

« Qu'as-tu à me dire maintenant ?

"Rien qu'une chose." Qu'il a si peu à cacher dans sa tête comme dans son cœur.

"Nous sommes d'accord; mais cela n'empêche pas que la situation soit quelque peu équivoque. Maintenant, il n'y a plus rien à cacher, Nancy, et c'est pourquoi vous avez la parole.

"Merçi papa; mais je ne sais vraiment pas quoi te dire...

"Je ne pense pas que ce soit beaucoup." Il t'a embrassé...

"Je ne le nie pas...

« Qu'avez-vous fait pour l'arrêter ?

"Rien. Je n'avais pas le temps.

"plus tard?

« Je n'ai pas eu le temps d'y penser. Laurence est intervenue si soudainement que je n'ai pas pu réfléchir.

"Bien, mais maintenant...

"Je pense qu'il est trop tard." Ne pensez-vous pas?

« Je pense que celui qui n'aime pas ça, c'est toi. L'aimez-vous vraiment ?

« Tu me poses une question difficile, papa. C'est un homme que j'ai toujours aimé. Il s'est comporté de manière noble et courtoise, il m'a traité avec élégance et distinction, il s'est efforcé de rendre ma vie agréable à de nombreux moments et je n'ai rien eu à lui reprocher.

"Laisse tomber l'affaire, ma fille." Le moment...

"Eh bien, le moment est très déroutant." Il y a quelque chose en sa faveur : il a été plus gentleman et plus discret que Laurence. Il se laissera virer du ranch sans rien alléguer en sa faveur. Pas même que j'aie été la cause involontaire de ses excès. Il a chanté sa mélancolie au rythme de la guitare et je suis allé comme la caille à la revendication. Nous bavardons. Il faisait allusion à un amour impossible, peut-être que je lui donnerais un pied pour son action. Le mal est déjà fait.

"Pas encore. Deux solutions demeurent. Soit tu l'aimes bien, et la chose est officialisée, soit je dois le virer immédiatement.

« La raison est-elle si grave que vous vous privez d'un élément aussi utile ?

« La raison, non, puisque vous ne vous plaignez pas ; ce qui peut arriver ensuite, oui.

« Que peut-il arriver ?

"Laissez-le répéter l'action." Je le ferais à la place. Un baiser n'a que deux solutions : soit une gifle, soit un autre baiser. A part ça, j'ai le sentiment que l'affaire avec Laurence ne va pas rester comme ça. Raft est coriace et, s'il sait qu'il est vaincu, il tentera de réclamer l'affront. Aujourd'hui c'était à coups de poing, mais demain ce pourrait être à coups de feu, et si c'est à coups de feu... Je préparerai la couronne de myrtes qui orne la tombe de Raft.

Nancy pâlit à la déclaration de son père et, toute agitée, demanda :

« Quelle solution trouves-tu, papa ?

"Plusieurs; mais tout dépend de ce que vous décidez.

« Si je ne peux pas décider ! J'ai été surpris par cela. Je ne sais pas si Bud a vraiment le béguin pour moi !

« Qu'est-ce que tu as besoin de savoir, pour te prendre par les cheveux et te traîner pour voir le berger ?

« Pas tellement, papa. D'un autre côté, j'ai besoin d'étudier le cas. Je l'aime, je l'avoue ; mais... vous dites qu'il est pauvre, qu'il est violent, vous craignez que son traitement à mon égard soit... celui d'un vulgaire cow-boy. Il y a beaucoup d'inconvénients, de votre part.

« Au diable ce que je pourrais penser, mon cher ! C'est vous qui décidez de votre bonheur. Pensez-y et votre résolution dépend de deux solutions que j'ai.

"Dis-moi."

« Si vous ne l'aimez pas, virez-le, et si vous l'aimez...

"Le fait que?

"Écoutez-moi. Je viens de recevoir une mauvaise nouvelle qui, au fond, est bonne pour toi. Ton oncle Ben est mort.

" Pauvre oncle Ben ! s'exclama Nancy, sincèrement peinée. Il était très bon avec moi, mais il avait un mauvais caractère.

"Oui, il est mort d'une crise de colère, me dit le shérif de Whitebilis." Il n'a pas été capable de digérer le fait que les voleurs de bétail ont « bosselé » une bonne pointe de bétail, et entre cela, les rhumatismes qui ne lui permettaient pas de se déplacer avec le soulagement auquel il était habitué et le matériel dur et ingérable qu'il a sur le ranch, ils ont contribué à sa mort. Votre oncle a cru vous faire une faveur en vous laissant héritier de ce bétail qui élève l'enfer et vous désigne comme l'héritier universel de ses biens ; Mais tout comme le ranch est bon et pourrait être mis à profit, c'est un nid de frelons que ni vous ni aucune femme ni beaucoup d'hommes ne pouvez gouverner. Il faut un gars exceptionnel qui dort avec le "Colt" à la main et met l'équipe autour de sa taille et tue les voleurs de bétail qui se réfugient dans les montagnes Wilson,

"Et ce type est...

"Bourgeon Raines."

"Que veux-tu dire par là?

« Que si vous l'aimez vraiment, nous pouvons le mettre à l'épreuve. Vous n'avez pas un dollar ; Mais s'il nettoie le ranch des indésirables et le fait prospérer, il aura gagné une femme comme vous et le droit de jouir d'une prospérité qui ne sera due qu'à ses efforts. C'est mon autre solution. Pensez-y et décidez.

Nancy se leva, prête à partir.

« Laisse-moi l'étudier, papa. C'est très grave.

"Beaucoup, mais ne soyez pas en retard." Je dois prendre une décision avec ce poulain sauvage et tout ce qui l'enhardira plus tard.

Nancy, quand elle arriva à la porte, se retourna et dit en souriant :

"D'accord, mais pendant que je l'étudie... je pense que tu devrais le lui proposer, voir s'il accepte."

Et il s'enfuit comme une biche, tandis que son père souriait d'une manière étrange.

Bud passa l'une des nuits les plus terribles de sa vie à réfléchir à sa situation.

Il n'avait pas peur d'être renvoyé du ranch, il présumait que c'était la seule mesure viable que Big pouvait prendre avec lui après l'offense qu'il avait infligée à sa fille ; mais cela lui causait la plus vive angoisse de penser qu'il était allé trop loin dans ses pulsions et qu'il avait maintenant perdu toute possibilité de vaincre noblement son amour.

Parfois, tourmenté par la honte, il ressentait le besoin de se lever, de prendre son cheval et de s'enfuir, mais une force mystérieuse le clouait à la natte, l'empêchant de le faire. Le dimanche n'était pas plus agréable pour lui. Il s'étonnait de n'avoir pas encore reçu l'avis de l'éleveur de comparaître devant lui et de procéder à sa liquidation, mais, compte tenu de l'affaire, on lui a dit qu'il ne connaissait peut-être pas les causes de la bagarre et si Nancy, par rougir, les avait cachés, il ne jugerait pas si grave sa dispute avec Laurence et réfléchissait calmement à l'attitude qu'il devait prendre avec lui. L'inconvénient était que l'éleveur rancunier parlait et donnait à Big un aperçu de la raison du combat. Si cela arrivait et que l'on savait seulement, par sa bouche, causant à la jeune fille le discrédit qu'on devait supposer, il promettait de tirer sur le charlatan où il l'avait trouvé,

Quand le dimanche soir est arrivé et tard, l'équipe est revenue et avec lui Fred, qui était descendu en ville pour s'amuser un moment.

Fred, très gai, entra dans le hangar où Bud dormait isolé et, s'appuyant sur le chambranle,

« Quoi de neuf, vieux renard ? Comment vas-tu avec tes accès de mélancolie ?

Bud renifla et, sautant en avant, les poings fermés, rugit :

« Hors de ma vue, Fred ! Décollez, si vous ne voulez pas que je fasse exploser ces museaux de vautour.

« Il faudrait voir ! Fred répondit joyeusement. Vous n'êtes pas capable de mettre un poing dans la trompe d'un éléphant.

Un Bud enragé se précipita sur lui avec un tir direct, mais Fred esquiva brusquement et son poing frappa le montant de la porte.

Le contremaître furieux rugit comme un taureau blessé, mais alors qu'il se retournait et se tenait dans la lumière de la lanterne qui éclairait faiblement le hangar, Fred vit les marques du combat sur son visage.

« Par les cornes d'une vache, Bud ! Qui diable a dessiné cette carte sur ton visage ?

« Qui ne sera pas en mesure de s'en vanter longtemps ! cracha Bud d'un ton grincheux.

Le pion s'approcha de Bud et, laissant tomber sa main large sur l'épaule du jeune homme, s'écria :

« Je suis désolé, Bud, je ne savais pas que tu t'étais disputé. Qui était l'heureux mortel ? Ne me dites pas. Je le sais déjà.

"Parce que?

"Parce que ça ne pouvait être que Laurence."

« Sur quoi vous basez-vous pour cela ?

"En cela, il est le seul qui jette une ombre sur votre cœur."

Bud attrapa la tête de lit et la jeta à sa tête, mais Fred la rattrapa en l'air et la lui rendit, le frappant à la tête.

"Ne sois pas une mule salope, Bud ;" ni pour cela tu es bon. Tu veux arrêter de jouer le con et me dire ce qui s'est passé ?

« Rien qui puisse intéresser personne d'autre que moi. Je vais juste te dire une chose : je quitte ce ranch demain.

Fred siffla d'une manière particulière et demanda :

« Est-ce que tu pars ou est-ce qu'ils te mettent dehors ?

"Pour l'affaire, c'est pareil." Je pars et c'est tout.

« Avez-vous pensé à où ?

« Au diable ! cria désespérément le jeune homme.

"Eh bien, c'est pour ça que tu pourrais continuer ici." Bon, après tout, en enfer j'espère qu'on ne sera pas trop mal.

Bud est devenu furieux.

"Qu'est-ce que tu dis? Il rugit.

« Que nous ne serons pas si mauvais là-bas. J'en ai marre des haricots, du chou vert, du bacon fumé et de tous les autres ingrédients. J'espère que les plats de l'enfer ont plus de sauce.

Bud, excité par l'attitude de Fred, s'approcha de lui en disant :

"Pas. Vous n'irez pas. Rien ne va contre toi. Vous avez votre père ici et vous devez...

« Putain de conseil, Bud ! Pensez-vous que je peux vous laisser seul pour le monde? Pour quoi faire, pour que le premier qui se présente à vous vous assomme ? Non, fiston, tu es condamné à porter une baby-sitter derrière toi et cette baby-sitter doit être moi.

Bud, fatigué des ironies de Fred, a déclaré :

« Ne sois pas persistant, Fred, je ne l'admettrai pas. Mes affaires ne doivent perturber la vie de personne. J'irai seul et s'ils me donnent une fessée, consolez-vous ; Vous l'avez fait tellement de fois qu'une de plus n'a pas d'importance.

« Bien sûr que ça compte, fiston. Que je te batte, c'est bien, mais que d'autres me volent cette gloire, non. Mets ça au dessus de ta tête.

Bud rugit, donna des coups de pied, menaça, mais en vain. Fred a tenu bon et quand il en a eu marre de l'entendre, il est allé à la porte et a crié :

« Au revoir, veau ! Muge tout ce que tu veux, tu vas te fatiguer. J'espère que demain matin, vous êtes resté sans voix et qu'il est plus facile de discuter avec vous.

Et en claquant la porte, il a disparu.

Vers huit heures du matin, alors que Bud était debout depuis deux heures et avec son sac de sport prêt pour la marche, Fred s'est présenté au hangar. Elle s'était habillée pour les vacances et portait le paquet de ses vêtements sous son bras.

"N'importe quand, vieux renard," dit-il. La plante de mes pieds pique à force de marcher sur les mauvaises herbes dans ce fichu ranch.

Bud était sur le point de répliquer violemment, lorsque le pion qui servait de cuisinier se présenta au hangar en disant :

« Bud, le patron t'appelle dans son bureau.

Bud hésita un instant, mais, prenant une résolution, il prévint Fred :

"Attends un peu, je descends bientôt." Je pense qu'il vaut mieux faire face à la situation.

Fred fit un clin d'œil expressif et prévint :

« Et pas de poings, ma chérie.

CHAPITRE IV

BUD ACCEPTE UNE PROPOSITION

Régulièrement, Bud entra dans le bureau de l'éleveur. Celui-ci, derrière son bureau, avait une grosse pile de papiers étalés sur le tableau, et bien qu'il soit resté la tête baissée, il examinait le visage de Bud à travers, étudiant ses réactions.

Finalement, elle leva la tête et le regardant sévèrement s'écria :

« M. Raines, samedi, vous ignoriez les raisons de votre dispute avec M. Raft, mais hier soir, oubliez-les et... »

"Désolé, M. Big." Je pense pouvoir vous épargner toutes les explications, notamment en ce qui concerne mon licenciement. J'avais devancé son idée et n'attendais que de pouvoir la lui communiquer et de me mettre à ses ordres s'il avait à m'exiger quelque chose dans le domaine privé.

"J'espère que cela ne veut pas dire qu'il est prêt à lui donner une chance de me tuer." Je ne suis plus celui qui manipulait autrefois une arme à feu.

Bud rougit et s'empressa de dire :

"Je pense que vous me jugez très mal, bien que vous ayez certaines raisons à cela." Je n'ai jamais rêvé de ça et je ne suis prêt à me laisser tirer contre un mur que si vous pensez que cela peut satisfaire votre estime de soi.

« Et qu'est-ce que j'obtiendrais en te tirant dessus comme un petit garçon ? Est-ce tout ce à quoi vous pouvez penser pour sauver des situations critiques ?

"J'avoue que oui." C'est peut-être à cause de ma nature violente.

"Mais heureusement, nous n'avons pas tous de poudrière dans les veines comme toi." Asseyez-vous et écoutez-moi bien. Tu veux me dire pourquoi tu as fait ça ?

"""Le fait que? Dépoussiérer Laurence ?

"Pas. Je le sais déjà. Je veux dire... l'autre...

Bud rougit et répondit sèchement :

« Dois-je être violent pour le lui dire ?

"Tu n'auras qu'à me le dire." Ou est-ce que vous pensez que j'ai élevé ma fille pour qu'elle soit une distraction pour le premier qui la frappe ?

Bud, impétueux, sauta du siège en disant :

"Je ne lui permets pas de dire ça, ni pour elle ni pour moi." C'est vrai que je n'ai pas pu me contenir et je l'ai embrassée. Je ne me suis pas arrêté pour penser si elle le voudrait ou non, mais je peux lui dire que je l'ai fait dominé par une passion profonde que je ressens envers elle.

« Pour quels motifs ?

« Je l'ignore. C'était une question d'environnement. La nuit était si poétique... elle était si belle et j'étais si mélancolique... J'avais chanté, sans m'en rendre compte, pour elle. Elle l'entendit et descendit dans le patio, nous parlant d'amours, d'amours aussi impossibles que d'atteindre les étoiles. Elle a aussi chanté un couplet au son de ma guitare ; c'était une chanson pleine d'encouragement et d'espoir. J'ai pensé... eh bien ; J'ai bêtement cru que je pouvais oser et j'ai osé. Je ne veux pas la blâmer, comprenez-moi bien, mais cela m'a donné une base pour l'affaire. Vous savez déjà tout.

Big l'écouta quelque peu ému par l'accent de passion et de sincérité que le garçon mettait dans son histoire et quand il eut fini il dit, d'une voix incertaine :

« Vous êtes-vous arrêté pour vous demander si vous pouvez être digne de votre amour ?

La question prit Bud tellement par surprise qu'il lui fallut longtemps pour y répondre. Enfin il déclara :

"Je ne sais pas. Je pense honnêtement que non. Je suis plus pauvre qu'un rat.

"Mettons l'argent de côté." Il y a des choses qui n'ont aucune valeur marchande et l'une est l'amour. Je veux dire vos vêtements personnels.

"Eh bien, dans ce domaine, je ne pense pas qu'il y ait quoi que ce soit à m'opposer."

"Pas? Et ce caractère belliqueux et dominant que vous possédez ? Et ces manières brusques et autoritaires ? Et cette histoire d'un homme qui est né avec le « Colt » à la main et qui doit descendre dans la tombe avec entre les doigts ? Est-ce une vertu ?

« Peut-être que non, mais dans cette région où le Colt est le fondement de la vie...

« Ce sera de se battre avec des hommes, mais pas de se promener dans la maison avec une femme sensible et délicate. Je crains que vous ne soyez pas l'homme qu'il faut pour ma fille dans ces conditions.

"Je n'ai pas eu de maison convenable et personne ne peut prédire comment je devrais m'y comporter."

« Tu vas me dire que là ce sera l'homme qui se laissera battre par sa femme, n'est-ce pas ?

"Pas tellement, mais je peux être l'homme aimant, tendre et heureux dont elle peut rêver."

"J'aimerais le voir."

« Faites le test vous-même ! Bud osa dire inconsciemment.

« Il y a des tests qui plus tard n'ont pas de solution s'ils échouent. Avez-vous réfléchi? Vous pouviez le faire, mais les conditions préalables allaient vous sembler trop dures.

Bud quand il entendit cela, la chose la plus inattendue qu'il put entendre, il se leva de nouveau avec impétuosité et cria :

"Que dis-tu?

« Il semble que j'aie parlé clairement, M. Raines.

Celui-ci, rouge comme un coquelicot, répondit :

"Bien. Soumettez-moi à l'épreuve de l'air et du feu et je saurai y répondre à la pelle. Je ne peux pas en dire plus.

Big sourit et le forçant à s'asseoir, dit :

« Écoute-moi bien, Bud. Vous êtes un garçon avec de très bonnes qualités, mais vous avez des qualités odieuses qui, si vous ne les corrigez pas, ne vous mèneront pas loin. Je ne peux rien vous promettre dans l'immédiat, mais je peux vous promettre quelque chose pour l'avenir qu'il vous appartient d'abréger.

"Ma fille ne s'est pas beaucoup indignée contre vous pour ce qui a été fait, mais elle n'a pas non plus commencé à sauter de joie. Elle est gentille, elle garde de vous de bons souvenirs qui la font vous regarder avec plaisir, mais elle a peur, comme moi , qu'il s'agit d'un masque ou d'un déchaînement sans consistance. Par contre, vous êtes pauvre et vous l'êtes, parce que vous vouliez l'être. Aujourd'hui la vie exige une certaine égalité que vous n'avez pas, mais que vous pouvez avoir si vous le voulez .. choses : réunir une part de fortune qui l'égale, et finir de gagner son amour, s'il est vrai que tu es amoureux de ma fille.

« Que faites-vous puisque vous ne me dites pas ces conditions ? cria Bud désespérément.

"Calme-toi et ne laisse pas ta bête intérieure se montrer, car c'est la première que tu dois apprivoiser." Je vais vous les expliquer, mais je vous ai déjà prévenu qu'elles seront dures. Ma fille, au cas où il lui manquait quelque chose pour s'éloigner encore plus de vous financièrement, vient d'hériter d'un ranch. Cela lui a été laissé par son oncle Ben, le frère de sa mère, mais ce ranch, c'est un peu comme s'il avait hérité d'un cobra et devait le nourrir avec ses seins. S'il y a quelque chose de démoniaque dans ce monde, c'est bien le ranch de Ben Hays, situé à Whitebills, près des monts Wilson..., connaissez-vous le Gambling ?

"Quelque chose. Ce n'est pas une partie fortement recommandée de la région.

« Non, ce n'est pas le cas. Si vous ajoutez à cela que l'équipement de Ben est plus rude qu'un cheval sauvage, qu'il y a des éleveurs qui « bosselent » le bétail en toute impunité et qu'il faut redresser et nettoyer, vous comprendrez que l'héritage est un don de Dieu.

"Eh bien, il y a l'os à casser Nous pouvons honnêtement évaluer le ranch à ce qu'il vaut actuellement, et si dans un an vous vous engagez à le restaurer, ayez une équipe décente, mettez fin aux voleurs de bétail et doublez la valeur du bétail, tout ce surplus, en dehors du salaire qui vous est attribué, ira à votre profit pour vous amener au niveau de ma fille et pouvoir prétendre à sa main. C'est la partie matérielle ; la partie spirituelle est à votre charge, bien compris que Pour gagner votre amour, je n'ai pas à vous donner de conseils, mais plutôt à le prendre vous-même.

Bud, qui écoutait les paroles du rancher comme quelqu'un qui écoute de la musique agréable dans son oreille, se leva calmement en demandant :

« Quand puis-je partir pour le ranch ?

« Je pense que dès que vous êtes prêt. » J'ai préparé tous les papiers pour que vous en preniez possession au nom de ma fille et une procuration de la vôtre, afin que personne ne doute de votre autorité. Le reste est de votre responsabilité.

Bud s'avança et demanda :

« Est-ce en mon pouvoir de pouvoir emmener Fred Sanders avec moi ?

"Bien. S'il vous gêne et vous souhaite une mort prématurée, enlevez-le ; mais préviens toi avant.

"Inutile. Fred a hâte de trouver quelqu'un qui puisse lui casser la bosse du nez et j'ai plus hâte que lui. Si vous ne vous faites pas extorquer, cet après-midi nous y allons.

"Rien. A partir de ce moment, vous êtes libre de le faire.

Bud a été perplexe pendant un moment, puis a demandé :

« Me permettez-vous de donner ces mêmes assurances à votre fille et de lui dire au revoir ?

Big hésita un instant et finit par dire :

"Je ne ferais pas ça. Cela pourrait être un adieu décevant. Laissez-lui le souvenir de l'autre nuit et laissez-la le savourer, pour voir si elle le digère bien. Peut-être que dans un moment, quand elle apprendra son travail et les sacrifices que vous faites pour elle et ses intérêts, l'entretien sera plus agréable pour vous.

"Eh bien, je comprends votre idée et je m'y conforme." Dis-lui au revoir et assure-lui que je ferai tout ce qui est en mon pouvoir pour en faire un paradis terrestre, où seules des fleurs s'épanouissent sur son passage et où la valeur de chaque pied de terre est quelque chose qui fait pâlir d'envie les plus puissants.

Et serrant la main de l'éleveur avec effusion, il quitta le bureau comme un fou, les yeux pleins de paysages rieurs d'amour et de bonheur.

Arrivé au hangar où l'attendait Fred ennuyé et mélancolique, il lui donna une terrible poussée qui le jeta sur la natte et lui cria :

« Hors de ma vue, espèce de con ! ... Que faites-vous debout là?

"En attendant ton retour... Où sont passées les gifles que tu ne remarques pas ?"

« Nulle part encore, mais ils viendront. Préparez-vous, nous partons.

« Wow... Vous êtes-vous déjà convaincu que vous ne pouvez pas faire le tour du monde sans baby-sitter ?

« Non : je vais t'emmener dans un endroit où je devrai être ta baby-sitter.

« J'aimerais le voir !

"Eh bien, vous le verrez et, ce qui est pire, vous le sentirez." Nous allons dans un endroit où les balles pleuvront comme de la grêle et où vos poings ne feront rien.

« J'aimerais le voir ! Fred stoïque répété

« Est-ce que je ne te dis pas que tu vas le voir et le sentir, petit yearling ?

"Eh bien, où allons-nous manger les contremaîtres comme vous sans assaisonnement?"

« Aux becs blancs.

Fred siffla entre ses dents et grommela :

« Dans ce coin d'enfer maudit, où nous sommes allés à cheval cette fameuse nuit de Noël ?

"Justement.; mais avec la particularité que maintenant nous allons jeter tous ceux qui n'y sont pas les bienvenus.

« Est-ce M. Big qui vous a envoyé ?

"Oui. Je vais gérer le ranch de son beau-frère Ben, qui est décédé et l'a laissé à Nancy.

« A Nancy ! ... Mais quelle familiarité est-ce là, Bud ? Donc Mr Big n'a pas le courage de vous tuer et vous envoie faire faire le travail par d'autres ? Laisse-moi monter et lui pincer le nez, par misérable !

Bud a dû faire des efforts héroïques pour retenir son partenaire. Il comprit qu'il s'agissait d'une tâche ignoble et entendait la venger d'avance.

Enfin, il réussit à convaincre le pion, assurant :

"Tais-toi, connard." Que sais-tu de la faveur qu'il va me faire avec ça ?

"Favoriser? Non pas qu'il allait offrir la main de sa fille comme prix !

Bud, incapable de contrôler la joie qui débordait dans son âme, s'exclama :

« Et si c'était le cas ?

Fred lui a tiré un coup direct qui l'a presque atteint et a marmonné :

« Ah, cochon indécent ! Et tu l'as gardé tranquille ? Et pour ça tu avais l'air si désespéré et si fermé ? Vous méritez d'avoir le menton cassé pour un scélérat.

« Allez, Fred, ne sois pas méchant. Je jure que c'était quelque chose d'aussi génial qu'imprévu, je vais vous en parler.

Le pion se gratta la tête puis demanda d'un air penaud :

"Hé, vraiment, si tu ne te fais pas branler là, ça pourrait être ton prix ?"

"C'est ce que le patron m'a assuré."

« Tu veux me faire une faveur ?

"Dis-moi.

"Demandez-lui s'il me l'étend." Moi aussi je mords le licou pour Rosa, la femme de chambre de Miss Nancy ; mais elle...

"Eh bien, peut-être que son influence viendra là-dessus." Bien qu'il me semble que vous devez être trop violent pour son caractère. Si tu étais un homme calme et sensé comme moi !

Fred lui lança une tête, mais Bud l'esquiva adroitement.

Au milieu de l'après-midi, tout était prêt pour le départ et Bud est monté au bureau de Big pour lui dire au revoir.

L'éleveur lui a remis sa liquidation, tous les papiers concernant le ranch, l'autorisation le nommant son seul représentant dans celle-ci et un duplicata du contrat que tous deux devaient signer pour formaliser leur engagement.

"Vous n'êtes pas obligé de le signer maintenant", a averti Big. Étudiez-le et, si cela vous convient, signez-le, et s'il y a une clause à discuter...

"De sorte que? Ni vous ni moi ne sommes des voleurs. Si nous sommes d'accord sur les bases, sur le secondaire nous ne serons pas en désaccord.

Il serra la main du vieux Big et descendit dans le patio, où Fred l'attendait à cheval.

Bud monta dans le sien et descendit de la clôture. Le soleil tombait sur la galerie fleurie du ranch et les fleurs dans les pots de Nancy flamboyaient de lumière et de couleurs.

Le garçon leva les yeux vers la balustrade à la recherche de la belle silhouette de la jeune femme, mais il ne put la découvrir. Il ne faisait aucun doute qu'il en voulait à ce qui s'était passé cette nuit-là.

Mélancolique, il s'engage dans la vallée.

Fred demanda ironiquement :

« Tu ne l'as pas vue, Bud ?

« Comment allait-il la voir s'il ne se montrait pas ? Bud répondit tristement.

« Non, espèce de con. Ce qui se passe, c'est qu'il était penché de l'autre côté de la façade. Je l'ai vue regarder à travers la vitre. Tu es un aveugle, Bud, et j'ai bien peur que tu ne sache jamais comment la gagner.

CHAPITRE V

UNE ENTREE TROP FORT

L'entrée de Bud et Fred dans le ranch "Cruz Alta" à Whitebills n'était pas exactement aussi apothéose que celle que Washington eut un jour à Annapolis quand il revint victorieux des Anglais. Lowell Winant, contremaître du ranch, est venu à leur rencontre à la clôture, et quand Bud a demandé qui était responsable du ranch, il s'est vantard de répondre :

« Je suis le directeur, étranger, qu'est-ce qui vous a été offert ? »

"Je reprends juste le ranch au nom de Miss Nancy Big, de qui j'apporte des pouvoirs écrits."

Bud fit mine de montrer sa documentation, mais le contremaître, rejetant le geste, dit :

"Je suis désolé que vous ayez fait une promenade aussi pénible depuis le Grand Canyon; mais ici vous n'avez rien à faire. J'attends la visite de cette jeune femme pour me comprendre avec elle et le reste ne me satisfait pas.

Bud descendit calmement de cheval, suivi de Fred et se dirigeant vers Lowell, dit :

« Et pensez-vous que Miss Nancy a un si mauvais goût qu'elle fait cette promenade pour vous voir ce visage de « brustillant » que vous avez ?

Lowell se raidit à l'insulte et répondit farouchement :

"Écoute, étranger." Tu es un cow-boy d'opérette qui vient ici en croyant que tu vas avaler la terre, et c'est facile pour ça s'il faut cinq minutes pour disparaître complètement. Vous avez besoin d'hommes de ma taille pour gérer ce ranch, et je ne suis pas de ceux qui abandonneront le travail au premier qui se présentera pour le réclamer.

"Cela signifie que vous ne l'abandonnerez que par la force ..."

« Vous avez l'air d'une diseuse de bonne aventure.

"Tant pis! Dans ce cas, il n'y a plus rien à dire. Fred, pourriez-vous s'il vous plaît montrer à ce monsieur les documents qui vous accréditent en tant que contremaître de ce ranch. Fred, très amusé, demanda :

« Quel œil voulez-vous qu'il avale : le gauche ou le droit ?

"Puisqu'il est myope, je pense à cause de nous deux."

Fred fit un pas en avant, et Lowell, très vaniteux du spectacle qu'il prévoyait de donner à son équipe, qui l'entoura en riant d'avance de l'échec des deux inconnus, cambra les jambes, serra les poings, et se prépara à saluer Fred avec dignité.

Il a commencé quelques tours étranges avec ses bras, et soudainement, avant que Lowell n'ait eu le temps de s'en rendre compte, il a été touché à la bouche, faisant tomber une demi-douzaine de dents.

Le contremaître laissa échapper un rugissement impressionnant et se pencha en arrière, accablé de douleur, tandis que Fred, s'adressant à Bud, s'excusait en disant :

"Désolé d'avoir couvert ta bouche un peu plus tôt." Je suis agacé par les poules qui caquettent tellement avant de savoir si elles vont pondre leurs œufs. Maintenant, je vais vous faire "voir" mes informations d'identification en bonne et due forme.

Lowell, crachant du sang, se rétablit quelque peu, car c'était un homme d'une endurance extraordinaire, et se lança comme un taureau aveugle sur Fred, mais il ne lui fallut pas longtemps pour reconnaître la réception appropriée.

Le poing de Fred, comme une masse, fouilla son œil droit et avec un impact terrible, il le laissa fermé pendant une longue saison.

Malgré la dure punition, le contremaître n'a pas abandonné. Il connaissait la fin qui l'attendait et il faisait un dernier effort pour se débarrasser de cet être d'exception, seul moyen de les expulser du ranch et de continuer à y régner comme c'était son projet.

Mais Fred, qui était agacé par une telle obstination, décida de mettre fin au combat, et cherchant le menton dur du cow-boy, il lui assena un dernier coup, qui le laissa allongé sur le sol comme un fagot.

Puis il sourit à Bud, qui s'était beaucoup amusé à admirer la force des poings de son ami, cette fois à ses dépens, et demanda :

« Est-il entendu que je devrais faire la même chose avec toute cette racaille, une par une, ou est-ce suffisant comme petit échantillon ?

"Ça, diront-ils, Fred." Vous êtes le contremaître de ce ranch, par ma désignation, et je ne serai pas celui qui vous apprendra comment traiter vos hommes. Dans tous les cas, demandez-leur de voir ce qu'ils en pensent.

"Eh bien, la question est posée."

Les pions se regardèrent avec une rage infinie, jusqu'à ce que l'un d'eux, semblant interpréter les sentiments de ses compagnons, s'avança en disant :

"Nous ne reconnaissons pas un contremaître autre que Lowell."

« Ce qui veut dire que tu pars d'ici immédiatement, n'est-ce pas ?

"Ça ne veut pas dire plus que ce que j'ai dit," dit le pion menaçant.

Quatorze hommes durs et déterminés souriaient sinistrement avec leurs mains posées sur la crosse de leurs « Colts », prêts à soutenir leur revendication, les armes à la main, mais avant qu'ils aient eu le temps de les dégainer, deux revolvers apparurent dans les mains de Bud avec la vitesse mitrailleuse et dix chapeaux d'autant de péons qu'ils ont volé dans les airs, arrachés par les dix balles bien "visées".

Bud, ne montrant pas le moindre tremblement dans sa main, prévint :

"Pour me parler, la première chose que tu dois faire est de te découvrir toi-même." Fred, s'il te plaît, découvre ces quatre autres.

Fred, brandissant également ses armes, a tiré rapidement. Trois chapeaux volaient dans les airs ; mais le quatrième eut plus mauvaise fortune, parce qu'il tomba, le front transpercé par une balle.

C'était le pion qui avait osé refuser de suivre les ordres de Bud.

"Désolé, Bud," dit Fred, "Je suis devenu incontrôlable."

Aucun, face à cette épreuve d'habileté et de vitesse, n'osait bouger la main. Bud avait déjà rechargé ses revolvers et attendait la réponse.

Les péons, humiliés, se bornèrent à se diriger vers la porte prêts à marcher.

"D'accord", a dit l'un d'eux. Là, vous restez avec le ranch, et nous verrons si dans un mois vous conserverez ces fumées et cette capacité à tirer.

Bud les laissa partir. Il a eu un problème amer quand il a manqué d'équipement pour s'occuper du bétail; mais il espérait lui fournir l'aide du shérif, à qui il était bien recommandé.

Il ne restait au ranch qu'un vieil ouvrier agricole boiteux, que feu Ben avait fait cuisiner lorsqu'il s'était cassé la jambe lors d'un rodéo.

Bill, qui s'appelait le peon, professait une grande affection pour le défunt malgré ses particularités et son acidité de caractère, et n'avait jamais fait cause commune avec Lowell et ses hommes, qui ne lui accordaient pas non plus une grande importance.

Bud, pensant qu'il était resté seul, se tourna vers Fred en disant :

"Essayez de m'attacher étroitement à cet oiseau pour qu'il ne s'enfuie pas avant que je réalise ce qu'il a fait au ranch depuis la mort du vieil homme, puis jetez un coup d'œil dans la cuisine pour voir ce que vous pouvez trouver à manger."

Fred était sur le point d'exécuter la commande, lorsqu'un paquet au mouvement grotesque émergea de l'un des hangars, et Bud, le repérant, s'avança en disant :

"Qui diable êtes-vous?

« Je suis le cuisinier, monsieur. Il s'y cachait pendant le feu d'artifice.

"Bien. Que faites-vous qui ne suive pas le chemin de tout le monde ?

"Je n'y ai aucun intérêt." J'étais le cuisinier du vieux Ben et je l'aimais beaucoup. Je sers le ranch, pas Lowell.

"Ce qui veut dire qu'il reste."

"Et ravi que vous ayez éliminé cette lèpre du ranch." Si vous aviez mis quinze jours de plus à venir, vous n'auriez même pas trouvé ici l'odeur du bétail.

"Très bien. Je considérerai cet acte de loyauté envers vous, et votre attitude décente ne vous alourdira pas. Voyez s'il y a quelque chose que vous pouvez mettre dans votre bouche.

"Bien sûr qu'il y a." Je me préparais à préparer le dîner pour ces paresseux, et ne pense pas qu'ils ne menaient pas une belle vie.

Le cuisinier se retira à son poste, et Fred se mit à lier solidement Lowell, puis l'enferma dans l'un des hangars.

"Bien. Il a dit : " Celui-là est déjà sauvé. " Qu'est-ce que je fais avec cet autre gars maintenant ?

"Il devra être enterré comme Dieu l'a voulu." Occupez-vous de cela et veillez également à ouvrir un compte de dépenses extraordinaires pour le transmettre à Monsieur Big à la fin du mois. Il y a des choses qui doivent se faire à vos dépens.

« Que diable comptez-vous comme dépenses extraordinaires ?

"Eh bien, la valeur de quatorze balles que nous avons utilisées cet après-midi et quelle couronne décente vaut pour ce type." J'aime faire les choses méthodiquement.

"Diable! ... Il me semble qu'alors ce que le ranch rapporte sera dépensé en poudre à canon.

"C'est votre compte." Je suis venu pour gérer votre ferme, mais pas pour dépenser mon salaire en poudre et en balles. Ne pas oublier.

"Bien bien; il sera fait comme ordonné par le patron.

Pendant que le cuisinier préparait le dîner, Bud monta au ranch et se mit à l'examiner avec Fred. Le bâtiment, très abandonné et sale, ressemblait à une porcherie, et tout indiquait que son propriétaire, qui avait été retenu dans un fauteuil pendant de longs mois sans pouvoir bouger, avait été à la merci de ces coquins qui avaient fait de leur ferme ce ils voulaient.

"C'est nul, Fred." Je crains que vous ayez à faire beaucoup de travail avec le balai et les seaux.

« Et l'enfer avec ton âme, Bud. Pourquoi m'as-tu amené ici : pour être bonne ou contremaître ?

« Mais ne voyez-vous pas comment c'est ?

"Trouvez une femme de chambre pour s'en occuper." Ah...! et veillez à ce qu'il ait un visage un peu plus attrayant que cet horrible contremaître. J'aime la décoration dans les chambres.

« A toi de lui faire l'amour, n'est-ce pas ?

"Moi? Ne délire pas. Je suis un homme honnête. Pour moi, il n'y a pas plus de femmes dans le monde que sept. L'une est Rosa et...

« Les autres sont déjà morts, Fred. Je vais engager une sorcière et garder un œil sur toi au cas où. Je ne me fie pas beaucoup à vos scrupules quand il s'agit de jupes...

Fred grimaça de résignation et tous deux entrèrent dans le bureau.

Bud sortit une petite clé que Big lui avait donnée. Cela correspondait au tiroir de la table de Ben, où il gardait ses livres.

Bud a envoyé Fred pour savoir si le dîner était en ordre, et en attendant il a parcouru les livres.

Ben a gardé les choses à jour et avec soin. Sa maladie, qui l'a maintenu assis dans un fauteuil aux jambes paralysées pendant plus de deux ans, ne lui a permis de s'occuper que des comptes du ranch, et ceux-ci étaient bien ordonnés.

D'eux Bud apprit qu'il devait y avoir trois mille taureaux dans le pâturage ; douze cents vaches et que le veau pour la saison s'élevait à neuf cents veaux. Dans les livres de vente, les derniers jeux d'il y a six mois étaient répertoriés. Le dernier, de cinq cents têtes de bétail, avait été attribué à un marchand de bétail à Nedles, en Californie, à raison de 48 $ par tête.

C'est ce que les livres ont jeté. Maintenant, il fallait savoir quelle réalité accusait après deux mois de trouver le ranching entre les mains de Lowell et de son équipe, et cela devait être ventilé avec ce ganapán avant de lui donner la liberté de mouvement.

Fred annonça que le dîner était prêt et quand ils descendirent dans la salle à manger, les assiettes fumaient déjà sur la table.

Bud invita le vieux cuisinier à s'asseoir à côté d'eux et prit le moment de l'interroger sur les affaires du ranch. Les détails que Bill lui donna n'étaient pas de nature à le forcer à danser de contentement.

Depuis la mort de Ben, deux troupeaux de bétail avaient été vendus et avaient subi un vol nocturne, en raison d'une grève audacieuse de voleurs de bétail. D'autre part, les dépenses du ranch entre les mains du contremaître incompétent étaient excessives, et pour les couvrir, il avait vendu une partie du foin stocké pour l'hiver, ce qui pouvait provoquer une catastrophe si les réserves naturelles de pâturage étaient rares en raison de aux mauvaises conditions météorologiques.

Concernant l'équipe, tout ce qu'il disait de lui était peu pour le décrire. En disant que c'était l'œuvre de Lowell, tout était dit.

Puis il l'informa de la situation générale. La région était infestée de voleurs de bétail et de voleurs. Les monts Wilson ont très bien servi de refuge aux hors-la-loi et la ville a souffert sous la domination de ceux-ci, qui étaient ses véritables maîtres.

Bud allait avoir un sérieux problème pour renouveler son équipement. Il n'y avait pas beaucoup de gens de confiance sur qui compter là-bas et les quelques-uns qui pouvaient être utiles et fidèles, n'osaient pas accepter les charges, car la lutte continue avec les voleurs, signifiait un danger constant de mort pour eux.

Bill a proposé de parler à deux neveux qu'il avait dans une ferme du comté. Ils étaient tous les deux des cow-boys, mais ils avaient démissionné d'une position si dangereuse, s'employant à des travaux agricoles, moins exposés, car les indésirables étaient plus attirés par le bétail que par les légumes.

Bud l'a remercié pour l'offre et a promis de bien les payer pour leur travail s'ils fonctionnaient bien. Il avait besoin de s'entourer de gens durs et fidèles pour combattre les hors-la-loi et il commencerait par donner l'exemple du courage.

Cette nuit-là, craignant une visite désagréable, non seulement des voleurs de bétail, mais des ouvriers de l'équipe licenciée, qui pourraient essayer de profiter de l'absence de défense du bétail gardé uniquement par Fred et Bud, ils montèrent une garde très sévère ; mais la nuit se passa sans incident, et à l'aube ils se retirèrent pour se reposer un moment, laissant Bill veiller.

Au milieu de la journée, Bud partit en campagne. Sa principale préoccupation était le renouvellement de l'équipe. Tant qu'il n'avait pas de personnes convenables, il était pieds et poings liés. Avant de partir, il se souvint de Lowell et ordonna :

« Fred, amène cet oiseau, je veux lui parler quelques mots.

Mais à la grande surprise de Fred, l'oiseau avait pris son envol. Brisant une vitre dans le hangar, il a pu déposer ses obligations avec le verre brisé et s'échapper, non sans laisser une note menaçante à Bud, dans laquelle il promettait de se venger pleinement du traitement qu'il avait subi.

Bud était furieux de la découverte. Maintenant, il ne pouvait pas dire combien de vols avaient été commis dans le ranch au cours des deux derniers mois et cela brouillerait les comptes.

Mais puisque la chose était sans espoir, il valait mieux l'oublier, même s'il ne fallait pas oublier Lowell, qui deviendrait l'un de ses ennemis les plus irréconciliables.

Après le déjeuner, il descendit en ville pour rencontrer le shérif, aux ordres duquel il allait se placer et dont il allait tirer le maximum d'aide ; mais sa visite à la première autorité des Whitebills n'aurait pas pu être plus décevante.

Le shérif, qui était un homme déjà aguerri dans la lutte contre les indésirables et qui en accusait les traces avec trois cicatrices qu'il portait sur son corps, a chaleureusement accueilli Bud, et lorsqu'il lui a expliqué sa mission dans le ranch et ses souhaits, Lui a dit:

« Écoute, Bud, je pense que celui qui t'a envoyé ici ne l'aimait pas bien. Du vivant de Ben et lorsqu'il appréciait ses pouvoirs et ses énergies, il se voyait et souhaitait se tenir à distance des indésirables. Plus tard, lorsqu'il est tombé malade et a dû compter sur les mains de quelqu'un d'autre, son ranch est devenu un nid pour les serpents, car Lowell, qui était toujours paresseux et dépensier, a profité de son manque de contrôle pour faire ce qu'il voulait. avec l'aide de ses hommes, uniques en leur genre. Vous avez fait une œuvre méritoire en balayant cette lèpre ; Mais pensez-vous qu'il vous sera facile de les remplacer par des personnes dignes ? Les rares qu'il y aura ne voudront pas s'exposer à être de la viande de « Colt » et les autres proposeront de rejoindre l'équipe pour aider les voleurs de bétail. Le problème qui se pose est grave.

« Bien, mais n'y a-t-il aucun moyen de faire quelque chose pour nettoyer la région ? »

"Oui, mais où en est le peuple capable ?" Moi seul ne peux rien et personne ne me fournit des personnes pour un travail aussi dangereux. Je vais vous en dire plus : parmi les nombreux éleveurs éminents qui infestent cela, il y en a un, Ray Garson, qui, peu avant sa mort, Ben a "bosse" cinq cents têtes de bétail. Ray n'a pas hésité à le claironner partout et je n'ai pas pu l'arrêter, car il s'entoure de quelques hommes armés qui m'auraient à peine vu l'approcher, ils m'auraient abattu. Ray fréquente les tripots de la ville ; il joue, boit, s'enivre et quand il n'a plus un sou, il prend un autre coup là où il lui semble le mieux, et pour vivre. Une fois j'ai fait venir plusieurs shérifs de la région pour rassembler une douzaine et demi de leurs adjoints pour m'aider à nettoyer et quand je suis allé essayer, quelqu'un a donné le pourboire, ils ont disparu dans la montagne et il n'y avait aucun moyen de les localiser. Les assistants ont de nouveau marché en s'ennuyant et quelques jours plus tard, ils m'ont tiré dans le dos, ce qui m'a pris entre la vie et la mort.

Maintenant, si vous vous sentez plus dynamique et courageux que moi, je suis prêt à vous donner l'étoile, tant que vous obtenez ce que personne d'autre ici n'a.

Bud, qui écoutait attentivement, répondit :

« Très bien, M. Oakle ; j'apprécie vos rapports et je ne vous dirai qu'une chose : ce ranch signifie quelque chose pour moi qui vaut plus que ce qu'ils pourraient donner pour cela vingt fois amélioré, et je dois le défendre avec les mains et des clous. Je ne me targue pas d'être plus que quiconque, mais j'affirme une chose : soit je nettoie la région pour que l'affaire puisse prospérer, soit ils devront m'enterrer ici, et avec cela toutes mes tribulations seront Tout dépend de moi pour constituer une équipe de confiance, si je réussis, quelqu'un va regretter de ne pas avoir migré de l'autre côté de la Confédération.

"C'est l'os, M. Raines." Où est cette équipe ?

« Ne pourriez-vous pas vous adresser à quelqu'un qui a le courage d'en faire partie ? Mon cuisinier, la seule personne décente qui reste là-bas, a proposé de parler à deux de ses neveux qui travaillent dans une ferme.

"Oh oui! Les Swanson, ce sont de bons gars, mais ils ne veulent pas mourir si jeunes.

"Je vais voir si je peux te convaincre qu'il est facile de garder ta vie et de faire une bonne action avec moi."

"Essayez-le." Pour ma part, je peux vous indiquer Jim Hopkins et Rufus Hanna. Vous trouverez le premier aidant votre père à la forge, et le second au grenier à grains de Larry "el Bizco". Ce sont des professions plus calmes que cow-boy.

« Je vous remercie de vos rapports ; pour le reste, il ne faudra peut-être pas longtemps pour qu'il entende parler de moi dans la ville. C'est une obsession que j'aie de rappeler à certaines personnes le saint de mon nom.

"Assurez-vous que vous n'avez pas à vous souvenir de lui en train de le sculpter sur une pierre tombale." C'est très simple.

"Et très difficile aussi." Les gens disent que je suis né avec le "Colt" en main. Et c'est drôle que, prétendant que je me guérisse de ce défaut de vivre avec l'arme entre mes doigts, ils m'aient envoyé ici, où il faut la tenir d'une main pendant que l'on boit la soupe de l'autre.

Bud dit au revoir au shérif, rassemblant les adresses des quatre ouvriers possibles pour le ranch et marcha à leur recherche, utilisant tout ce qui restait de l'après-midi pour les trouver et les convaincre qu'ils devraient le soutenir dans un travail aussi digne.

Mais cette nuit-là, lorsqu'il retourna au ranch, il avait les quatre palefreniers derrière lui, très heureux d'avoir un chef de file de telles arrestations.

CHAPITRE VI

COMMENT VOUS POUVEZ OBTENIR 3 055 DOLLARS

Le décompte du bétail dans le pâturage était assez déchirant. Sur les 3 101 taureaux, seuls 1 850 sont restés. Les vaches avaient été réduites à 601 et les veaux de moitié.

Bud a nié le pillage et a juré par tout ce qui avait juré de déchirer la peau de Lowell, s'il avait la chance de le croiser un jour.

Après avoir fait une visite générale au ranch, il se mit à rédiger un rapport pour Big. Il y rendit compte de l'accueil qu'ils avaient reçu, du résultat de celui-ci, du manque de bétail et de l'état pitoyable du ranch et de ses dépendances, et après de nombreuses études il joignit un budget de dépenses pour améliorer tout cela, qui s'élevait à à 2 501 $, qu'il a prié d'être envoyé pour entreprendre immédiatement les travaux.

La surprise et la colère de Bud furent énormes lorsqu'il reçut une lettre de Big dans laquelle, entre autres, il disait :

"Je suis désolé de ne pas pouvoir t'envoyer un seul centime, mais je ne suis pas prêt à gaspiller de l'argent pour quelque chose dont je ne sais pas encore s'il vaut la peine de se rappeler existe. Je t'ai envoyé là-bas avec plein des pouvoirs de faire tout ce qu'il faut. précis, mais comptant sur les propres moyens du ranch. Je le croyais un homme agressif, d'ingéniosité et de ressources pour mettre les choses en ordre et le faire prospérer. C'est à lui de supporter les dépenses que vous indiquez , je n'avais pas besoin de vous intéresser à l'entreprise à cinquante pour cent des bénéfices.

"Maintenant, même en m'exposant à les perdre, tout ce que je peux faire c'est avancer votre salaire pendant six mois et ensuite vous avec le travail que vous voulez lui donner."

Quand il a lu la lettre à Fred, il a crié dans le ciel, pestant contre Big.

— Mais que pense ce vieil avare, que tu as les mines californiennes sur les doigts pour tirer les marrons du feu ? Que diable vous offre-t-il, si tout ce qui peut lui être rendu si cela est réparé, allez-vous le lui donner avec votre effort ? Et vous attendez-vous à ce qu'il vous accorde la main de sa fille ? Une corne! Cet usurier du diable, ce qu'il essaie de faire, c'est de se débarrasser de toi pour que tu ne l'épouses pas, tu ne le vois pas ? Et dans le dernier extrême, s'il n'obtient pas ce qu'il veut, ce sera parce que vous devenez millionnaire avec votre propre danger, mais sans son aide.

"Que voulez-vous que je fasse? demanda Bud, découragé.

"D'abord, envoie-lui une lettre l'envoyant en enfer." Vous devez l'appeler un exploiteur, un usurier, un filou et tout ce qui vous vient à l'esprit. Alors tu lui diras de garder cette avance dont tu n'as pas du tout besoin, et puis de ne pas penser à venir ici un jour, car dès qu'il mettra son nez dans ces pâturages, on le jettera dans un étang avec une vache attachée autour de son cou.

"Je ne peux pas faire ça, Fred," objecta Bud. C'est par Nancy.

"Ne dis pas de bêtises." Votre devoir est de le faire pour qu'il voie que vous avez plus de foie que lui. Après on verra comment on sortira de ce nid de frelons où on est arrivé, et si tu ne lui écris pas comme ça, je te jure que j'ai laissé ta bouche, avec mes poings, pire que je l'ai laissée à Lowell .

Bud a beaucoup mûri les conseils de Fred; mais il a fini par se rendre compte qu'il avait raison et il a décidé d'écrire.

La lettre était un modèle de fouet pour flageller les usuriers. Sans se mordre la langue pour lui dire tout ce qui lui venait à l'esprit, il termina la lettre en disant :

« Bud Raines n'a jamais demandé l'aumône. Vous pouvez conserver cette avance, je n'en veux pas, et je ferai ou ne ferai pas ce que cela demande, c'est mon compte ; mais je vous préviens, s'il vous arrive de mettre votre nez dans le ranch Avant la fin de notre contrat, je le jetterai dans un étang avec la plus grosse vache que je puisse trouver attachée autour de son cou. »

Cette lettre, qui était censée révolter l'éleveur, lui fermait toute possibilité de réaliser ses plans ; Mais c'était un homme agressif et il espérait trouver une formule qui lui éviterait des ennuis.

Le bétail, maigre et pauvre, ne pouvait être vendu. Cela aurait été insensé, car tout ce qu'ils auraient donné pour chaque tête était de vingt ou vingt-cinq dollars, et pourtant il avait besoin d'argent pour nettoyer le ranch, payer le peonage et remplacer les pâturages épuisés par la cupidité de Lowell.

Tout l'argent qu'il avait en poche était de soixante-dix dollars et cinq cents, et bien que Fred lui ait généreusement offert les trente-cinq qu'il avait, avec cette somme, il n'y avait même pas une semaine pour subvenir aux besoins des ouvriers.

Bud avait besoin d'obtenir de l'argent quelque part, comme il avait besoin d'augmenter sa maigre équipe, et il se demandait comment l'obtenir.

Soudain, une inspiration lui vint à l'esprit. Oakle lui avait donné certaines informations qu'il avait presque oubliées, et maintenant, s'en souvenant, il souriait avec ironie.

Il vérifia ses revolvers pour s'assurer qu'ils fonctionneraient sans réserve, et appelant Fred, il demanda :

« Écoute-moi, Fred. Souhaitez-vous être enterré dans le cimetière de cette belle ville ? Je l'ai vu et c'est magnifique. Il reçoit le plein soleil et est assez bien entretenu.

Fred fit un clin d'œil amer et répondit :

"Je ne suis pas pressé d'être compté comme locataire dedans." Pourquoi demandes-tu?

"Pour le savoir." Dans ce cas, au revoir. Je te laisse le ranch, et si je ne reviens pas, eh bien... eh bien ; Puisque vous n'avez aucun engagement, vous pouvez l'envoyer en enfer.

Fred la saisit par le bras et s'écria furieusement :

"Viens ici, espèce de connard." Où vas-tu?

"Ne t'en fais pas. C'est mon truc.

« Écoute. Alors que tu envisages de te mettre dans un pétrin où tu dois faire des histoires et ne compte pas sur moi, je te jure que tu ne pars pas d'ici, car je t'envoie dormir un mois avec un coup de poing.

« Ne vous embêtez pas. Il n'y aura pas de bagarre. Il y aura des coups de feu et des candidats au recensement du cimetière de Whitebills. Cela ne vous convient pas.

« Eh bien, cette chose à propos de moi qui ne va pas, laissons-la. J'aime mieux les punchs, mais s'il y a ceux qui digèrent mieux le plomb, pourquoi ne pas leur donner ce goût ? De quoi s'agit-il?

"Environ deux mille cinq cents dollars."

« Allez-vous braquer un ranch ?

"Non, mais le shérif m'a assuré que dans un tripot de cette ville bucolique pour l'excellent hors-la-loi Ray Garson, qui a volé cinq cents têtes de bétail à Ben." Ce chiffre, à cinquante dollars, signifie vingt-cinq mille. Ray joue dur au tripot, et il joue parce qu'il a de l'or provenant de l'élevage de bétail. Nous avons besoin de deux mille cinq cents dollars et j'ai pensé que celui qui est obligé de le fournir est Ray.

« Rien que cet argent de merde ? Non, fiston, je ne suis pas satisfait de ça. Vous devez desserrer les vingt-cinq mille, plus les revenus, et si vous ne le faites pas, je vous écraserai la peau.

« Débarrassez-vous de cette idée, Fred. Il n'y aura pas de coups de poing. Il y aura des coups et du gras. Ray n'est pas seul ; Il est accompagné de trois ou quatre tireurs de premier plan et ils devront tirer vite et bien. Cela vous fait-il?

« Répétons un peu. Tu sais que je ne tire toujours pas comme toi ; Mais si vous me laissez les trois ou quatre hommes armés et que vous vous consacrez à Ray, je pense que la chose peut être résolue proprement.

"Eh bien, marche." Aujourd'hui, c'est samedi et le joint sera plein. Laissez-moi commencer la question et ne regardez pas Ray quand je participe au jeu. Jetez un œil à ses hommes armés et tirez avant d'y penser.

"Accepter. Nous allons là-bas.

Tous deux descendirent dans la ville, peu fréquentée, mais comme elle abritait des éléments assez douteux, toujours possesseurs d'argent mal "obtenu", et des cow-boys prêts à exposer leur salaire pour gagner l'or, le business du jeu était assez occupé à Whitebills.

L'important était de savoir où Ray s'était arrêté ; mais Rufus Harma les a dissipés de leurs doutes, les dirigeant vers "The Gold Nugget", situé dans la rue principale.

Lorsqu'ils atteignirent tous les deux la rue poussiéreuse et s'arrêtèrent devant l'établissement, ils constatèrent qu'il y avait beaucoup de monde. Plus d'une douzaine de chevaux étaient enfermés à côté du porche, et de l'intérieur venait le murmure étouffé des conversations bruyantes, des rires bruyants et grossiers, les jurons de certains ivrognes et toute la gamme de sons typiques d'un tel établissement.

Bud, sa main sur sa hanche, poussa la porte et entra, suivi de Fred, qui semblait se cacher derrière lui. L'établissement était voilé par un épais écran de fumée qui rendait difficile la distinction de la clientèle.

Bud se tenait ensemble au comptoir, étudiant la topographie du terrain, et Fred examinait les clients les plus proches de la porte.

Soudain, il remarqua que l'on inclina le bord du chapeau en avant puis quitta son siège, gagnant furtivement la porte. Ce faisant, Fred se souvint des traits du fugitif et, se rapprochant de l'oreille de Bud, il dit

"Ne fais rien encore, attends-moi." Je vais résoudre une affaire urgente ; Je reviens tout de suite.

Bud essaya de demander des explications, mais en vain, car Fred avait déjà gagné le fairway, disparaissant englouti par l'obscurité.

Bud se raidit, se demandant quelles affaires auraient forcé son ami à quitter la taverne à un moment aussi critique ; mais, s'armant de patience, il attendit.

Peu de temps après, un écho d'une détonation est venu de l'extérieur, qui bien qu'il obligeait tout le monde à tourner la tête instinctivement, cela n'a incité personne à sortir pour voir ce qui se passait et deux minutes plus tard Fred est réapparu en allumant sa pipe.

« Où diable êtes-vous allé ? Bud demanda doucement.

"Pour fournir un analgésique à un gars qui était un peu déséquilibré." Heureusement que je suis arrivé à l'heure et le pauvre n'en souffrira plus.

"Alors... ce coup..."

"C'était le seul analgésique dont j'avais besoin." C'était l'un des péons du ranch qui, en nous voyant entrer, se précipita dehors, sans doute pour aller chercher des renforts et nous tendre un piège. Je l'ai vu à l'heure, je l'ai suivi et... avant même qu'il ait pensé à dégainer le pistolet, j'ai administré la dose. Maintenant, vous pouvez commencer la danse quand vous le souhaitez.

« Merci, Fred. » Tu es un homme merveilleux.

« Et une corne ! Tu me diras ça, si tu peux, quand cette fête se terminera. Ah ! ... Concernant ce que tu m'as dit au sujet de la tombe..., s'il le faut, alors assure-toi que le soleil lui donne du bien. Tu sais que j'ai très froid.

"Je vais faire installer un poêle, ne vous inquiétez pas." Faites maintenant attention.

Il avança doucement dans l'établissement, jusqu'à ce qu'il atteigne une porte qui menait à une grande pièce réservée aux jeux de hasard. Il y avait une table avec une roulette et une autre où le pharaon se jouait, et les points formaient un bon noyau.

Bud ne connaissait pas Ray et devait découvrir qui il était, mais il espérait que quelqu'un l'appellerait par son nom, ce qui serait suffisant.

En effet, sur la table du Pharaon sculptait un individu grand et souple, d'environ quarante-cinq ans, aux yeux d'acier et aux mains rugueuses et calleuses. Il portait deux énormes "Colts" à sa ceinture qui s'écrasaient sur la table à chaque fois qu'il bougeait, et il avait une bonne quantité de pièces d'or devant lui.

Quelqu'un a appelé pour réclamer un pari impayé, et Bud a souri. Le banquier était Ray et c'était une chance qu'il l'ait été, car étant donné sa posture à table, il était en mauvaise posture pour dégainer rapidement ses armes, peut-être parce que, se fiant à son affiche d'un homme terrible, il ne se doutait même pas de loin que quelqu'un pourrait essayer quelque chose contre lui.

Bud ne s'est pas précipité. Il avait découvert le hors-la-loi, mais il avait besoin de localiser ses tuteurs et cela nécessitait une certaine étude.

Mais il n'a pas fallu longtemps pour en découvrir quelques-uns. Trois individus, plus méfiants que les autres, se sont déplacés autour du tireur, comme s'ils avaient peur que quelqu'un tende la main et s'empare du banc.

Bud a jeté un œil à celui-ci. Par le montant de pièces empilées, il calcula qu'il dépassait le montant qu'il avait indiqué, et pour éviter qu'il ne diminue dans un geste malheureux, il se prépara à agir.

Il fit un clin d'œil à Fred qui se cachait derrière lui, et je murmurai :

"Il me semble que ces trois...

"Ne pas suivre; ils m'ont donné la puanteur. Inquiétez-vous pour les vôtres, je m'en occupe.

S'abritant dans le corps de Bud, il a sorti les revolvers, les a cachés dans les manches de sa veste et s'est manœuvré dans le dos des trois suspects.

Puis il eut un sourire béat et soupira.

Bud, qui avait réussi à se frayer un chemin jusqu'à la table occupant une position stratégique, posa une main sur le rebord et quand le jeu qui était en attente fut terminé, il dégaina rapidement ses deux revolvers, les présenta à la table et cria :

"Un moment! J'ai quelque chose à dire à M. Ray.

Il essaya de se lever pour sortir le revolver, mais Bud le pointa sur sa poitrine en disant :

"Ne bouge pas, tu peux te blesser." Ils sont de 45...

Le hors-la-loi, devenu olive, est resté tendu, mais quelqu'un a mis ses mains sur sa taille. Cependant, ils n'ont pas touché les armes non plus, car une voix derrière eux a crié :

"Faites attention, messieurs, vous allez souffrir de néphrite si vous faites un faux mouvement."

Une tension énorme paralysait tous les souffles. Les points ont deviné que quelque chose de tragique allait se produire, mais ils n'avaient aucune idée de quoi.

Bud s'exclama doucement :

« M. Ray, il y a quelques mois, vous avez jugé bon de prendre dans le ranch « Cruz Alta », appartenant alors à M. Ben, et aujourd'hui à sa nièce, Mlle Nancy, cinq cents têtes de bétail, ce qui à cinquante dollars totalise à vingt-cinq mille.Comme cet argent appartient à cet objet et est la propriété de la personne que je représente, je vais en tenir compte, et à une autre occasion, je reviendrai chercher le reste.

Ray, stupéfait, fut un instant tendu sans savoir quelle décision prendre. Parmi les nombreuses choses étranges qu'il espérait pouvoir lui arriver dans sa vie, celle-ci était la plus étrange de toutes, et sa mentalité terne ne pouvait pas trouver d'issue pour cela.

Mais son amour-propre en tant qu'homme avec un revolver à la ceinture, ne lui a pas permis cette humiliation et, rapide comme l'éclair, il a décidé ce qu'il devait faire.

Il s'est effondré matériellement sur le siège pour se mettre à couvert sur la table et voler le corps des balles, pouvant tirer sous la table, et il l'a poussé vers l'avant ; Mais Bud, s'attendant à quelque chose de similaire, profita de sa position debout et penchée en avant pour faire avancer le revolver avec sa vitesse particulière, et le coup de feu toucha le hors-la-loi en pleine tête, sans lui laisser le temps de tirer. Ses trois compagnons, dédaignant le danger que leur faisait courir la présence de Fred, l'un d'eux se jeta sur lui, prêt à le désarmer. Deux coups consécutifs coupèrent l'action des deux plus proches, mais le troisième eut le temps de dégainer son arme pour tirer.

Bien que le tir provienne de son revolver, il était trop bas, car Bud s'était empressé de le viser alors qu'il observait sa manœuvre.

Les trois hommes armés, tombés au sol, se précipitèrent en essayant de continuer le combat ; mais Fred en désarma un d'un coup de pied et écrasa la bouche de l'autre, tandis que Bud terminait par un tir sur le troisième.

La panique s'empara des clients, qui se précipitèrent hors de la salle de jeu, se dirigeant vers la taverne craignant qu'une balle perdue ne les trouve sur leur chemin, et Bud et Fred se retrouvèrent maîtres de la salle.

L'or avait roulé sur le sol lorsque la table avait été renversée par Ray, et Bud était scrupuleux de prendre plus que ce qui appartenait au bandit ; Mais lorsqu'il a dû prendre une décision, il a fait un rapide décompte de combien il pouvait collecter, 4 221 $ en tout. Les points de notation étaient relativement bas et, faisant un calcul mental, il a laissé 1 221 $ sur la table.

Puis il regarda dans la taverne et s'écria :

« Messieurs, je ne veux rien qui ne m'appartienne pas. Je laisse 1 221 dollars à chacun pour prendre la position qu'ils avaient prise. Si quelqu'un pense qu'il manque quelque chose, demandez-le avant de partir.

Notant que personne ne se décidait, Fred s'avança, les invitant :

« S'il vous plaît, un par un. » Vous, combien aviez-vous mis ?

"Cinq dollars.

« Comme ceux-là. Autre. Toi, combien ?

« Sept dollars.

Quand tout le monde avait défilé, il restait 55$. Fred, comme à une vente aux enchères, a demandé :

« Faites du jeu ! Il ne manque personne à réclamer ?

Comme personne n'a protesté, il a continué à dire aux autres :

"Eh bien, messieurs, merci beaucoup." Le reste est à nous. Puis, jetant dix dollars sur le comptoir, il prévint :

"Pour quelques couronnes de conifères." Il est habitué à la maison.

Et il se dirigea délibérément vers la porte.

Bud le suivit, revolvers au poing, puis, se tournant vers la foule étonnée, dit :

« Messieurs, j'ai proposé de nettoyer la région des foules comme ça et j'y arriverai. » Je préviens que je ferai un autre raid quand je m'y attendrai le moins. Maintenant, s'il reste des gens honnêtes dans cette ville et surtout des hommes qui ont deux doigts de courage et de dignité, dans le ranch "Cruz Alta" que je dirige, nous avons besoin d'ouvriers pour m'aider dans ce travail. Celui à qui on fait allusion, qui se présente demain pour demander un travail.

Et fermant délicatement la porte, il sortit dans la rue. Fred, qui ne faisait confiance à personne, s'exclama :

"Dépêchez-vous Bud, de peur que ces gens ne réalisent à quel point il est facile d'attraper 3 155 $ et d'essayer de nous imiter!"

Et à cheval, ils galopèrent loin du joint.

CHAPITRE VII

FRED SANDERS AIMANT LA TEMPÉRATURE

Le lendemain, alors que Bud n'avait pas encore quitté le lit, il fut très surpris de recevoir la visite de Fred.

« Qu'est-ce que tu veux, que tu ne me laisses même pas me reposer quand je suis à l'aise ?

« Un patron de votre taille devrait être le premier à toucher le nombril. Ne me voyez-vous pas, prêt à descendre dans les pâturages ?

"Bien, mais c'est toi et pas moi qui doit descendre."

"Bien, mais c'est vous qui devez recevoir les visiteurs." Veuillez vous habiller et descendre dans le patio. Il y a un grand comité d'enfants hirondelles qui veulent vous parler.

Bud, très intrigué, se jeta du lit en demandant :

« Tu veux t'expliquer, bordel de ton cachet ? Qui sont-ils et que veulent-ils ?

"Ils disent qu'ils sont des cow-boys et ils prétendent faire partie de l'équipe."

Bud le regarda d'un air interrogateur.

« Que suspectez-vous, crapaud de l'enfer ? Pensez-vous que ce sont des types jetés par les voleurs de bétail ?

"Je ne soupçonne rien." Ils semblent avoir des visages de bons garçons ; Mais n'ayez pas confiance, cet enfer est semé de bonnes intentions.

Bud se dépêcha de descendre dans le patio, où huit jeunes garçons robustes, beaux et rieurs attendaient avec raideur à cheval.

Bud les examina d'un regard profond, satisfait de sa photo et, s'approchant d'eux, leur demanda :

« Que vouliez-vous les gars ?

L'un d'eux, assumant la représentation de tous, s'écria d'une voix brisée :

"Eh bien... nous sommes venus parce que... ils nous ont dit ce que tu as fait la nuit dernière." "La Pépite d'Or" et nous voulions...

Bud s'avança et demanda :

« Terminez bientôt ! Voulez-vous venger la mort de Ray ?

Le cow-boy leva les bras au ciel en s'écriant :

« Dieu nous sauve ! Nous venons parce qu'on nous a dit que vous avez demandé des hommes honnêtes et... quelque chose de courageux, qui sont prêts à vous aider et nous... peut-être que nous pouvons...

« Basa ! Ne continuez pas, que s'il vous coûte tant de travail d'enchaîner un bœuf que de vous expliquer, vous n'allez pas me servir. C'est vrai que je l'ai dit. J'ai besoin de pions pour remplacer les voleurs que j'ai chassés d'ici, mais je ne veux pas que les voleurs remplacent les pions. Ont été?

"Nous sommes des gens honnêtes." Vous pouvez vous renseigner.

"Bien sur." Vous me laisserez vos noms et je demanderai au shérif. S'il me répond à propos de toi... Fred, prends leur filiation et laisse-les revenir cet après-midi.

Fred a pris les noms et les garçons sont partis, apparemment très heureux.

"On dirait qu'ils ne sont pas des hors-la-loi," suggéra Bud. Cet après-midi je saurai.

En effet, cet après-midi-là, il descendit avec la liste dans les bureaux du shérif, qui, dès qu'il le vit entrer, s'avança vers lui la main tendue en disant :

« Bravo, M. Raines ! Je vous félicite du fond du cœur. Vous avez fait quelque chose de trop gros pour l'admettre sans voir. Je crois qu'avec la mort de Ray, vous avez porté un coup terrible aux voleurs de bétail.

"Tu y crois? J'estime que maintenant tous ceux qui sont éparpillés se rassembleront et tenteront de me livrer la bataille décisive. Je dois être prévenu et pour cela je viens vous rendre visite.

« Dites-moi comment je peux vous aider.

"Huit garçons sont venus au ranch pour demander à rejoindre l'équipe." Ils m'ont donné leurs noms et je veux d'abord m'assurer qu'il ne s'agit pas de personnes suspectes. Voici la liste.

Oakle parcourut les noms et, lui rendant le papier, dit :

« Je pense que vous pouvez les accepter sans souci. Ils ne sont pas méfiants, même si je ne pense pas qu'ils soient tous de grands cow-boys.

"Je ne me soucis pas de ça. Ils apprendront. Pour leur enseigner, même avec les poings, j'ai un contremaître qui est formidable, qui donne des cours avec ses poings. L'essentiel est que vous puissiez leur faire confiance.

"Oui, et certains se vantent de petits hommes."

« Maintenant, une dernière faveur ; j'ai besoin d'une femme de chambre pour le ranch, mais je préférerais des décombres en matière de beauté. Je ne veux pas jouer avec les jupes là-bas.

"Dans ce cas, je peux vous recommander Ketty Grahan." C'est une femme d'une cinquantaine d'années, laide comme des coliques, mais propre, travailleuse et agile. Elle vivait avec son frère, récemment décédé, et a besoin de travailler.

"Bien. Envoyez-la là-bas demain.

Bud a quitté les bureaux et, pour profiter du temps, a rendu visite à divers artistes du village. Le menuisier, un peintre, deux maçons et un plombier. Il était obstiné à nettoyer et à rénover le ranch rapidement et ne voulait pas perdre de temps.

Dans l'après-midi, les futurs ouvriers sont revenus, ils ont été admis et envoyés au pâturage avec Fred. Celui-ci serait chargé de les former au cas où ils auraient besoin d'une leçon pour commencer à se conformer modérément.

Cette nuit-là, quand le contremaître revint des pâturages, las de donner des leçons à quelques ouvriers débutants, il monta dans la chambre que Bud lui avait assignée, et en sortant de la chambre, après s'être changé, il trébucha en avec Ketty. , la nouvelle servante.

Fred se frotta les yeux plusieurs fois pour se convaincre qu'il s'agissait d'une femme et non d'une couverture, et quand il en fut sûr, il courut comme un fou jusqu'au bureau de Bud, le pénétrant comme un tourbillon :

"Hey vous; morceau de cul ! Est-ce que tu veux que je meure de peur ?

"Parce que?

« Mais avez-vous eu le courage d'embaucher cette épave humaine comme servante ? Avez-vous déjà cru qu'il s'agissait d'un cirque ? Mais qu'en est-il de l'esthétique, Bud ? ... Et où avez-vous laissé votre sens de la parure et votre amour des Beaux-Arts ?

« Écoute, Fred, va dîner et ne me dérange pas. Que vouliez-vous qu'un ange de cabaret déchu vous engage pour votre réconfort ? Non, fiston, la formalité doit prévaloir ici, sinon tout s'effondrera.

Fred, jetant le feu de ses yeux, s'écria :

« Ceux qui nous ont ? Est-ce que parce que tu es ostracisé, tu penses que nous autres allons subir le même mal ? Eh bien, vous vous trompez, je vais vous le prouver.

Et très en colère, il descendit dans la salle à manger, où les péons s'étaient déjà réunis, bavards et joyeux, commentant le jour de ses débuts au ranch.

Pendant plusieurs jours, les ouvriers ont travaillé à la décoration de l'hacienda à marches forcées. Bud voulait en finir rapidement pour qu'il puisse vaquer à ses occupations sans souci.

Une nuit, peu de temps après le retour du peonage des pâturages, une série de cris perçants et de réprimandes lui parvint du couloir, et lorsqu'il fut alarmé, il quitta sa chaise pour sortir pour enquêter sur la cause, il fit irruption dans Ketty lui-même, la vieille fille , qui, les yeux écarquillés, à bout de souffle et tout étouffé, cherchait protection en lui balbutiant

"S'il vous plaît, M. Raines, accrochez-vous à ce fou."

"À qui?

« À son contremaître. Oh M. Raines ! Tu ne sais pas... C'est un sauvage... et moi... je suis une honnête femme...

A ce moment, Fred, très sérieux, avec un visage dans lequel une flamme de restes de coquelicot semblait brûler, entra dans le bureau en disant très sérieusement :

"Allez, Ketty, ne sois pas prude." Tu sais que je suis fou amoureux de toi, et je suis un homme très important dans ce ranch pour mépriser mon amour.

Bud le fixa, les yeux écarquillés, ne sachant pas s'il devait éclater de rire ou lui lancer l'encrier sur la tête, mais en réagissant, il poussa la servante effrayée dans le hall en disant :

« Ignorez-la, Mme Ketty. Fred aime beaucoup faire des farces. Vous apprendrez à le connaître.

"Mais... il voulait bien m'embrasser !"

"Je n'en doute pas. Il m'a dit que tu lui rappelles beaucoup sa pauvre grand-mère, et ça le rend sentimental.

La bonne dame quitta le bureau méfiante et Bud, face à Fred, s'exclama agacé :

« Allez, Fred, tu es trop vieux pour de telles blagues !

« Quelles blagues ou quelles baies cuites ! L'amour est aveugle! Tu me pousses dans les abîmes horribles de l'amour antédiluvien, et je...

« Sortez d'ici, espèce de faux ! cria Bud, le menaçant. Et écoutez-moi bien ; Alors que vous essayez à nouveau ces trucs pour faire quitter le poste à cette malheureuse femme, je vous jure que je vais en chercher une autre qui soit plus vieille et plus horrible, pour voir si vous mourez vraiment de peur.

"C'est bon. Est-ce votre défi? Bon je l'accepte.

Et il partit dignement, riant tout seul du mauvais moment qu'il avait fait subir à la malheureuse bonne.

Quelques jours plus tard, le ranch avait été transformé. La propreté et l'ornement avaient remplacé la saleté et la négligence. Les murs étaient blancs comme des mines de sel, les montants de porte peints en vert, la balustrade également peinte et rénovée avec des pots et des plantes qu'elle n'avait jamais eues. Les fenêtres avaient des rideaux ; les lits, les vêtements neufs et les meubles avaient acquis une nouvelle patine, grâce au vernis utilisé.

Bud avait fait peindre l'une des pièces aux fenêtres sud en vert clair. Un joli lit en noyer gai avec tout le nouvel équipement y avait été installé, ainsi qu'un évier en pin, une table d'appoint et une armoire de lune biseautée. Une moustiquaire recouvrait le lit pour protéger les nuits d'été des parasites.

Bud avait réservé cette importante réforme, mais Fred, fouillant dans ce qui avait été fait, le trouva choqué.

« Êtes-vous devenue une demoiselle de l'Est pour réserver cette chambre birria ? demanda-t-il avec étonnement.

Bud, rougissant, cria :

« Tais-toi, fouineur de l'enfer ! Je n'ai pas à vous donner d'explications.

« C'est ce que j'avais besoin de voir ! Fred grogna. Un homme qui prétend être venu au monde avec le « Colt » à la main, peur des moustiques ! ... Où avez-vous caché le compact et le rouge à lèvres ?

« Veux-tu te taire et aller en enfer ?

« Je n'en ai pas envie, et tout de suite tu me le dis et je m'en vais ! Je sers des hommes entiers, pas la moitié, des dames.

Désespérément Bud tendit son poing et le laissa tomber sur le front de Fred. Il s'est précipité, le frappant directement à la poitrine, et les deux se sont frappés dans le couloir, jusqu'à ce qu'ils se retrouvent dans le bureau de Bud, où il est tombé sur le canapé avec un bon coup de poing.

« Au diable toi ! rugit Fred. La facture, tout de suite !

« Va-t'en, ou je te tire dessus et je te détruis, espèce de con ! N'as-tu pas compris que j'ai préparé cette chambre pour le jour de mon mariage ?

Fred éclata de rire en disant :

« Qui comptez-vous épouser, avec cette sorcière que vous avez amenée comme servante ? C'est pourquoi tu étais jaloux que je lui fasse l'amour. Comme ce n'est pas avec celui-là, je prédis que tu ne te marieras pas...

Il ne pouvait pas finir la phrase. Elle dut se lever, claquant la porte pour éviter d'attraper l'encrier que Bud lui avait lancé de l'autre côté de la table.

Fred n'a pas comparu devant Bud pendant deux jours. Quand il revenait des pâturages, il dînait avec les péons puis se retirait tranquillement dans sa chambre sans échanger un mot avec son ami.

Mais celui-ci ne fit pas attention à lui. Il avait des choses plus importantes à régler, et il savait que la colère de son surveillant était plus feinte que réelle, sans doute pour essayer de l'inquiéter.

Bud souffrait de diverses obsessions, qui étaient celles qui le tenaient éveillé. L'un était l'acquisition éventuelle d'un terrain adjacent au ranch, ce qui pourrait lui rapporter divers bénéfices. Un autre, d'augmenter ses pâturages dans une proportion qui lui permettrait d'avoir un plus grand nombre de bétail sans soucis ; puis leur assurer de l'eau, car un magnifique ruisseau la traversait qu'ils pourraient un jour se disputer si quelqu'un s'avançait pour acquérir la terre et, enfin, protéger beaucoup mieux leur bétail, puisque la bande de terre avait une barrière naturelle de pentes accidentées, cela servirait à y couper l'action éventuelle des voleurs de bétail.

L'autre obsession allait de pair avec celle-ci, puisque les deux pouvaient se compléter. C'est que, lors d'une de ses longues promenades à cheval autour de sa ferme, il avait découvert parmi les canyons, canyons et ravins des montagnes voisines, quelques chevaux en liberté, et on disait que, s'il parvenait à les capturer et à les apprivoiser , le bénéfice que sa vente procurait, pouvait être utilisé pour acquérir les terres voisines et augmenter le nombre de bovins, donnant soudainement une plus grande valeur à la ferme, sans avoir à débourser de l'argent qu'il n'avait pas, ou attendre des mois et des mois pour que le l'entreprise à elle seule donnerait cette utilité problématique pour développer l'entreprise.

Bud avait gardé la découverte pour lui et ne voulait pas la rapporter à son contremaître tant qu'il n'aurait pas eu toutes les données nécessaires pour une entreprise réussie. S'il y avait vraiment un bon troupeau d'étalons sauvages, il voulait s'en convaincre, étudier les lieux qu'ils fréquentaient, n'observer le terrain que pour rendre prête cette utilité problématique à élargir, procéder à leur capture.

Ce travail l'a consumé de nombreuses heures de navigation et d'observation, jusqu'à ce qu'un jour il retourne au ranch en triomphe. Il savait tout ce dont il avait besoin et pensait que l'entreprise était assez facile. Il avait découvert que les chevaux descendaient s'abreuver dans une mare enclavée entre des falaises. Cette redoute avait une sortie étroite à l'est et l'entrée du côté opposé. Si la sortie était fermée et qu'ils étaient harcelés par l'entrée, ils seraient laissés enfermés dans un grand corral naturel, où les relier ne serait pas une chose humaine.

Le jour où il termina ses observations était samedi et quand, tard dans la nuit, il retourna au ranch, il décida d'appeler Fred et de lui rendre compte de son projet.

Il était sûr que le contremaître capricieux serait ravi de la découverte et, ayant une grande passion pour les chevaux, serait une aide enthousiaste dans leur capture et leur apprivoisement.

Mais quand il a fait venir Fred, ils lui ont dit qu'il s'était habillé en long shot et qu'il était descendu au village avec l'équipe.

Bud, de mauvaise humeur, se résigna à remettre ses plans à lundi. Il ne pouvait pas forcer son contremaître à vivre en permanence dans le ranch et lui donnait le droit de s'amuser comme n'importe quel homme à ses ordres.

Il prit le temps de mûrir ses plans, dessina un croquis du terrain, marquant l'endroit du piège, où il devait être fermé et l'endroit où ils devaient être postés pour harceler le troupeau, et, fatigué, se retira pour dormir.

Le dimanche était consacré à l'équitation ennuyeuse et je me suis couché relativement tôt, attendant avec impatience le lundi pour la chasse passionnante.

Cette nuit-là, et tard dans la nuit, le cuisinier, qui dormait dans un hangar près de la palissade, se réveilla en sursaut lorsqu'il entendit la porte claquer violemment et, prenant son revolver, comme Bud le lui avait ordonné, il se dirigea vers la porte . et, avant d'ouvrir, il demanda :

"Qui vient?

« Ouvrez maintenant, boiteux du diable ! S'écria la voix débraillée de Fred. Ne connaissez-vous pas le bras droit de l'empereur de ce ranch ?

Bill fut un peu surpris quand il entendit Fred. C'était la première fois qu'il le voyait ivre, mais il s'empressa d'exécuter l'ordre.

Lorsqu'il ouvrit la porte, il fut profondément étonné. Quelqu'un d'autre montait sur le cheval de Fred, et à en juger par les formes, c'était une femme.

Fred mit le cheval dans la cour et, mettant pied à terre, s'écria :

« Attends un peu, Reine de l'Ouest, maintenant je vais te préparer un logement digne de ta royauté.

Bill fixa l'Amazone et fit un geste consterné. C'était une jeune fille très peinte, vêtue d'une tenue des plus frivoles qu'on puisse se donner, et le péon n'hésita pas à la classer parmi les aventuriers qui servaient dans les tripots de la ville pour égayer la vie des péons.

Fred la prit dans ses bras, la démonta comme une plume et, la liant autour de la taille, dit :

"Viens par ici, petit coin de paradis." On va surprendre l'ogre barbu de ce maudit ranch et lui montrer que Fred Sanders a aussi un goût exquis pour choisir les jeunes filles. Ce soir tu vas dormir dans la chambre la plus majestueuse de ce palais... Ça y est !

Bill a essayé de se mettre en travers du chemin, mais Fred a crié avec colère :

« Sors d'ici, diable boiteux, ou je te fais une piqûre qui va gâcher l'autre rame !

Bill abandonna devant son attitude, et Fred, entraînant la fille qui semblait un peu perplexe, lui fit monter les escaliers, jusqu'à ce qu'elle atteigne l'étage supérieur, où Fred avait sa chambre.

Il s'arrêta à la porte de Bud et, la frappant férocement, cria :

« Juif de l'enfer, lève-toi et ouvre-toi, je vais te faire la plus grosse surprise de ta vie !

Bud se réveilla en sursaut au martèlement et aux cris de Fred et, enfilant son pantalon, sortit dans le hall.

Le jeune homme est resté comme celui qui a des visions lorsqu'il est confronté à Fred, qui a été obligé de s'appuyer contre les murs pour garder son équilibre, et encore plus lorsqu'il a observé la fille, qui le regardait avec de grands yeux.

Bud, furieux, se tourna vers son contremaître en criant :

« Mais es-tu devenu fou, Fred ?

"Furieux? Oui bien sûr. Fou d'amour. Est-ce que tu le vois? Qu'avez-vous à dire sur cet ange en robe de soirée ? Tu n'aimes pas? Quoi de plus beau que ce grotesque que tu nous as apporté pour nous rendre les yeux amers ? Bon, regardez-le bien, mais sans plus, car c'est pour moi seul. Ça y est... je vais l'installer ici comme une princesse pour ma seule récréation et tout de suite tu vas me donner la clé de cette cage dorée vide que tu as, car pour qui mieux que pour un ange comme cette?

Bud, hors de lui, s'avança vers lui les poings fermés et rugit :

"Ce que je vais te donner, c'est un coup de poing dans la bouche de crapaud que tu as pour que tu puisses apprendre à boire."

"Tome? Essayez et voyez comment...

Il n'eut pas le temps d'en dire plus. Bud tendit son poing, attrapant Fred au menton, qui s'effondra comme un paquet.

La fille poussa un cri d'horreur ; mais Bud la rassura en disant :

« Ne vous inquiétez pas, tout va bien. C'est la seule chose dont elle avait besoin pour lui faire dormir ces rêves de grandeur amoureuse qui sont soudainement entrés en elle, et quant à vous, je suis très désolé, mais je ne peux pas vous accueillir dans ce ranch. Il n'y a ici que des hommes qui ont assez de tempérament pour ne pas avoir besoin de stimulants.

Elle a protesté dans la détresse à la moquerie dont elle avait été soumise ; mais Bud, inflexible, la poussa vers l'escalier et appelant Bill, ordonna :

« Tiens, Bill, donne à cette jeune femme ces cinq dollars pour la consoler du voyage et mets-les doucement sur la grille de la clôture. »

Bill obéit à l'ordre malgré ses protestations, et lorsqu'il la laissa de l'autre côté de la porte, il s'endormit, se demandant ce qui se passerait le lendemain lorsqu'il serait confronté au contremaître, libéré des fumées du contremaître. de l'alcool.

Bud ne se souciait pas de son contremaître. Il le laissa tomber où il était et se retira dans sa chambre, s'abandonnant au sommeil.

Lorsqu'il se leva très tôt, il était toujours là, et prenant un seau d'eau très froide du bassin du patio, il le lui jeta au visage sans aucune contemplation, le forçant à sauter comme un quai.

Fred, dégoulinant d'eau, frissonnant de choc et les yeux écarquillés de surprise, regarda Bud, ne comprenant pas ce qui se passait, jusqu'à ce que, réagissant, il devienne enragé et crie :

« Qu'est-ce que tu fais, espèce de con ? Que pensez-vous que je suis? Une grenouille assoiffée ?

"Ce que tu es est un ivrogne sans honte, et dans mon ranch je ne veux pas d'ivrognes." Préparez-vous et allez préparer vos bagages, vous sortez d'ici.

Il y avait un tel sérieux dans le visage de Bud que Fred, alarmé, s'exclama :

« Mais Bud, es-tu devenu fou ? Qu'est-ce que je t'ai fait pour que tu me traites comme ça ?

"Qu'est-ce que tu m'as fait? Pensez-vous que je peux tolérer hier soir?

« Mais qu'est-ce qui s'est passé la nuit dernière ?

« Ne te souviens-tu pas que tu es venu ivre comme un tonneau, vêtu d'un ange de je ne sais quoi sur le dos et que tu as essayé de l'héberger rien de plus que dans ma chambre dorée, comme tu appelles ma chambre privée ?

Fred le regarda stupéfait et balbutia :

« Est-ce que j'ai fait ça, Bud ? Jure-moi que j'ai ! Mais je croyais que j'avais rêvé que...

"Arrête ça! Si vous voulez monter un harem, trouvez-vous un tripot dans la ville, et vous y serez la reine. Pas ici.

Fred était dévasté. Il ne se souvenait plus du trempage ou se rendit compte qu'il tremblait comme un chien nouveau-né.

« Oh, Bud ! Il s'est excalmé. Je jure que je ne sais rien de ce que tu me dis. Vous ne comprenez pas, bien sûr. Un homme est un homme. Il faut alterner quand l'occasion se présente. Tout le monde peut boire un verre de plus. Alors l'amour... Tu es un anachorète pour ça, mais moi..., je suis un homme et...

« Va au diable, espèce de méchante bête ! cria Bud, réalisant que s'il continuait comme ça longtemps, il allait attraper une pneumonie.

"""Bien; puisque vous le voulez, que ce soit. J'irai. Mon seul regret est de vous laisser seul pour le monde... Qui va mieux et plus élégamment secouer votre chamois que moi ?

« Et qui va te tirer sur la bouche à part moi, s'il met longtemps à disparaître de ma vue ? cria Bud en le poussant dans les escaliers.

"Eh bien, d'accord, ogre." Eh bien, vous ne présumez pas peu car ils vous ont donné la parodie d'un ranch ! Si à la fin de la journée vous obtenez ce que je...

"Tu vas? cria Bud, hors de lui.

"Oui, mec, oui, j'y vais." Mais tu viendras me chercher et tu ne me trouveras pas. Je suis le meilleur contremaître de tout l'Ouest, même si tu ne le veux pas. Ah ! ... et le plus beau. Vous l'avez déjà vu. Les femmes sont tirées au sort sur moi. Au lieu de cela, vous... vous ne savez que tirer et tuer des hommes armés. Bah ! Une vie comme la tienne, c'est nul !

Bud tira sur une de ses bottes et la lui lança à la tête ; mais Fred esquiva le coup et descendit frissonnant et riant des accès de mauvaise humeur de son compagnon.

CHAPITRE VIII

MAS VINGT-CINQ

Fred ignora l'ordre de Bud et alla au pâturage, sûr qu'il passerait cette période noire, et Bud en était content, car au fond de lui, il n'en voulait pas à Fred, sachant qu'il n'était pas un homme. aime boire.

Le soir, à son retour, il se rendit directement au bureau de Bud, et dit très sérieusement :

— Eh bien, mon vieil ami, j'espère que tu as passé la basca et que tu m'en as pardonné hier soir. Maintenant, je te jure que c'était quelque chose d'imprévu et que cela ne se reproduira plus.

"C'est bon. Je veux croire qu'il en est ainsi et je le prends pour acquis. Maintenant écoute. Demain matin, j'ai besoin des huit meilleurs pions pour monter. J'ai quelque chose de formidable entre les mains.

"De quoi s'agit-il? Demanda Fred, intrigué.

"De la chasse à très peu de frais, deux douzaines de magnifiques chevaux sauvages."

« Par l'enfer ! C'est vraiment ça, Bud ?

« Comme je vous le dis.

"Eh bien, parle-moi de ta découverte." C'est super, Bud !

Il réalisa combien il avait observé et lui montra le plan qu'il avait dessiné pour la chasse. Fred, les yeux flamboyants, l'étudia.

"Bien, mon garçon," dit-il. Si vous attrapez ces deux douzaines d'étalons, vous êtes sauvé. Quand ils sont apprivoisés, ils peuvent très bien valoir douze mille dollars.

« J'ai calculé cela et avec cet argent, nous achèterons les pâturages adjacents au nôtre, garantissant ainsi de l'eau pour l'été.

« Bonne réflexion, Bud. » Il me semble qu'on va frapper ce vieil avare avec le tisonnier sur les doigts.

"Ne faisons pas de projets, Fred a besoin des chevaux."

"On le fera." Mais vous devez d'abord sécuriser le piège. Laissez-moi fermer la sortie à mon goût.

Fred marcha le lendemain jusqu'à l'endroit que Bud avait indiqué et inspecta le terrain. Le jeune homme ne s'était pas trompé et le piège pouvait être magnifique.

Avec l'aide de deux ouvriers, il abattit quelques gros arbres qu'il cloua au sol, puis en traversa des plus minces. De plus, il a pris des morceaux de fil dans les entrepôts et a doublé les interstices, et enfin, il a fabriqué des supports qui ont sécurisé le piège contre une tentative de rupture en le maintenant de l'extérieur.

Deux jours plus tard, Bud, Fred et huit péons ont quitté le ranch avant l'aube et ont pris position afin de contourner le terrain où les chevaux devaient apparaître. Bien cachés et se positionnant en faveur de l'air pour ne pas être découverts par le nez fin des étalons, ils attendaient patiemment avec les attaches attachées aux selles.

Vers onze heures du matin, un beau spécimen est apparu, blanc comme neige. Il annonça leur arrivée en faisant claquer ses puissants sabots sur le schiste et ils se précipitèrent tous pour couvrir la tête de leurs montures afin qu'ils ne soient pas dénoncés.

Le cheval atteignit le bout d'une rampe et se dressa comme une statue, scruta l'air avec inquiétude, mais il ne dit rien car les pions s'étaient positionnés de telle manière qu'il ne pouvait pas lui porter leur odeur.

Tranquille, semble-t-il, il laissa échapper un hennissement aigu qui résonnait comme le vibrement d'un clairon à travers les creux des falaises et, peu après, le galop d'un troupeau martelé sur l'ardoise du chemin comme un tonnerre qui approche, jusqu'à ce que, Ils apparurent en tas, se bousculant furieusement et scrutant l'air avec inquiétude.

Bud et Fred, qui restaient ensemble, échangèrent une admiration silencieuse à leur vue. Ils étaient tous magnifiques et il y avait du noir, comme la nuit, la baie, du blanc, du blanc, peint, avec des taches fantaisistes et de diverses élévations.

Bud dut se mordre la lèvre pour rester immobile et ne pas manœuvrer à l'avance, tandis que Fred, lasso à la main, jeta un coup d'œil derrière un rocher, suivant le chemin des étalons.

"Vingt cinq! murmura-t-il. Un de plus du compte.

Les animaux sont descendus de l'autre côté de la rampe et ont emprunté des sentiers en direction de l'étang. C'était dans un petit ravin et, devant, une gorge étroite menait au piège qu'ils avaient préparé pour les coincer.

Bud attendit qu'ils entrent dans le ravin, dont les autres sorties étaient empruntées par les péons, et quand tout le monde fut à l'intérieur, il lança son cheval au galop, suivi de celui de Fred et tira un coup de feu en l'air comme un signal pour les péons à manœuvrer.

Le coup révolta les étalons. Son patron tendit les oreilles, hennit bruyamment de colère et tourna le dos, essayant de s'échapper, mais lorsqu'il fut confronté à Bud et Fred, il fit un écart et chercha une autre issue.

Alors qu'ils cherchaient les brèches de la gorge, des pions qui les poussaient se présentèrent devant eux et les animaux, affolés, ne trouvant d'autre issue libre que la gorge, se jetèrent tumultueusement à travers elle, tandis que les pions les suivaient pour éviter la retraite Mais le blanc cheval, sentant un danger, se retourna férocement et quand il vit Bud et Fred au milieu du vallon, il se précipita vers eux, essayant de les dépasser.

Bud, s'en rendant compte, prépara son lasso et dans un magnifique effort parvint à l'enfermer par le cou, mais cela ne suffisait pas et l'étalon, puissant, tira sur le lasso alors qu'il était sur le point de tirer Bud hors de la selle.

Le cavalier éperonna son cheval en essayant de le faire courir au galop de l'étalon, ce qui n'était pas possible et il aurait dû lâcher prise, si le lasso opportun de Fred n'était pas tombé sur lui, renforçant la proie.

La noble brute se défendit comme une bête pendant plus d'un quart d'heure, mais, finalement vaincu, écumant de la bouche et des lèvres et les yeux ensanglantés, il resta immobile, comme résigné à son sort.

Mieux enfermé, il fut emmené dans la gorge où se trouvaient les péons, fous de joie ; Ils avaient acculé tout le troupeau et fermaient la clôture avec de puissants troncs d'arbres déjà disposés la veille. Le confinement avait été splendide et il ne restait plus qu'à les enfermer un à un, leur trouver un endroit convenable et procéder à leur entraînement.

Comme personne n'avait entendu parler de cette chasse magnifique, ils ne risquaient pas d'être volés, mais pour plus de sécurité, deux ouvriers gardaient la trappe nuit et jour, tandis que les autres, aux heures libres, travaillaient la nuit et la laissaient réduite à la le minimum. La garde du bétail indispensable, ils ont construit deux grandes casernes pour les abriter en s'appuyant sur des troncs d'arbres robustes, impossibles à abattre.

Avec de grandes précautions, ils furent transférés dans leur nouvel isolement et une fois là-bas, Bud, inlassablement, se consacra à les apprivoiser avec l'aide de Fred, qui autant de moments qu'il en avait de libre, comme tant d'autres se rendit à la caserne, cheval pour l'habituer à la morsure, à la selle et à l'éperon Ce n'était pas une tâche paresseuse, mais ce n'était pas non plus très long. Ils sont tous devenus dociles après une demi-douzaine de tentatives pour ajuster la selle et le mors, et seul l'étalon blanc était dur en dressage, faisant transpirer Bud comme il n'avait jamais transpiré de sa vie.

Mais, peu à peu, il céda dans sa sauvagerie, jusqu'à devenir le plus docile et le plus noble de tous.

Lorsqu'il fut satisfait du résultat, il dit à Fred :

« J'en avais vingt-quatre et il y en avait vingt-cinq. Je vais donner celui-ci à Nancy pour qu'elle soit fière de le monter.

« Mais vous ne le ferez pas avant le mariage, n'est-ce pas ? Fred a demandé. Attention, qu'arrive-t-il à quelqu'un qui donne du pain au chien de quelqu'un d'autre...

Bud ne répondit pas ; mais elle a décidé de penser à quand elle allait faire le cadeau.

Pour le moment, il n'avait pas l'intention de le faire. Old Big n'avait plus donné signe de vie après cette lettre insultante et ce n'était pas lui qui s'abaisserait à expliquer ses actes.

La voix de la magnifique chasse effectuée se répandit dans le village, au grand dépit de Bud, qui s'en sentit mal à l'aise, et plus d'un spectateur jeta un coup d'œil à travers les pâturages pour jeter un coup d'œil et apprécier le beau drap de chevaux si exceptionnels.

Cela avait Bud en feu. Il voulait qu'ils soient complètement apprivoisés pour s'en débarrasser, car son cœur lui disait qu'ils allaient tenter quelque chose pour le dépouiller de son trésor.

Les deux pions les plus déterminés de l'équipe montaient la garde jour et nuit, et lui et Fred les aidaient dans cette tâche jusqu'à tard dans la nuit ; mais, malgré cela, une vive inquiétude les dominait.

Deux jours plus tard, le ciel était couvert et, au fur et à mesure que l'après-midi avançait, les nuages, plus épais, menaçaient d'eau.

Bud, agité, appela Fred et dit :

"Ce soir, nous allons renforcer la garde dans les hangars et nous resterons également." Je crains que ce soit celui dont ils profitent pour tenter un coup audacieux.

Quatre pions sont restés de garde. Un à l'extérieur et trois à l'intérieur, plus Bud et Fred, qui s'étaient armés jusqu'aux dents.

L'obscurité était si dense que le guetteur ne pouvait pas voir à trois mètres et, bien qu'il fit un effort pour ouvrir les yeux, il ne vit devant lui qu'un voile noir qui masquait tout. Il était tard dans la nuit lorsque le péon se prépara avec le revolver. Il avait semblé attraper un contact qui s'approchait lentement et il était agité et mal à l'aise.

Nerveux, pensa-t-il en reculant et en entrant dans les hangars pour sonner l'alarme ; mais ne voulant pas laisser l'entrée sans surveillance, il hésita un instant et, enfin, s'exposant même à être moqué, il dressa l'oreille, fixa son regard sur l'endroit où il crut percevoir le toucher, et tira.

Sans doute la chance l'a aidé, car le coup de feu a été suivi d'un cri rauque de douleur, et aussitôt plusieurs détonations sont venues de divers endroits, mais autour des hangars.

Le pion, d'un bond, a gagné la porte et, couché face contre terre, a tiré en essayant d'empêcher l'attaque du hangar, tandis que Bud, Fred et le reste des pions ont émergé avec des fusils à la main, demandant nerveusement ce qui s'était passé. .

Le pion a averti :

"Ne sors pas." J'ai senti quelqu'un ramper et tirer. J'ai dû le blesser, car il gémit. Il doit y en avoir beaucoup et ils entourent les hangars.

Ils s'étalaient tant bien que mal, et à travers les creux des arbres ils tiraient au hasard ou guidés par l'éclat des éclairs des assaillants, la densité des ombres ne permettant pas de fixer la cible. C'était un combat à l'aveugle qui a duré longtemps. Une balle, filtrant à travers les clairières, mit un pion hors de combat, mais les assiégés durent réussir à abattre un ennemi, car ils avaient capté des hurlements de douleur et des jurons saccadés.

Bud était furieux de ne pouvoir distinguer ses agresseurs ni même tenter une sortie contre eux et, au cas où il lui manquerait de quoi se sentir mal à l'aise, les chevaux, terrifiés par le grondement des armes, s'agitaient terriblement dans leurs stalles, menaçant de briser le obstacles et leur causent un terrible conflit.

Enfin, la vague ligne de l'aube se dessinait dans la noirceur du ciel, et les ombres, en partie éclaircies, permettaient aux assiégés de distinguer quelques ballots qui s'apprêtaient à fuir lorsqu'ils virent leur plan surprise échouer.

Bud, impétueux, ne se résigna pas à les laisser partir sans découvrir qui ils étaient, et haranguant ses hommes, s'écria :

"Celui qui veut me suivre." Il faut donner une leçon à ces voleurs pour qu'ils perdent l'envie de répéter la pièce.

A cheval, il se lance dans la vallée suivi de ses hommes, et les "brustlers", surpris par ce départ inattendu, se séparent, essayant de disparaître dans les montagnes voisines.

Mais la fureur de ses agresseurs a en partie contrecarré son plan. Certains ont réussi à échapper au harcèlement et à disparaître parmi les montagnes escarpées, mais quatre ont mordu la poussière sans avoir le temps de s'enfuir.

Bud s'était jeté sur l'un des fugitifs, tiré par son cheval alezan tacheté de noir. Il voulait se rappeler où il avait vu cette étrange monture ; Mais, à défaut de le faire, il pensait qu'en abattant le cavalier il dissiperait les doutes, et bien qu'il soit sur le point d'être la victime, puisque le fugitif a très bien tiré, il a réussi à placer un coup dans le dos qui l'a projeté du cheval, restant coincé dans la terre comme un crapaud.

Lorsqu'elle l'atteignit et le tourna pour examiner son visage, elle poussa un cri de joie sauvage :

« Lowell ! ... Ah, putain de scorpion, j'ai enfin réussi à rembourser la dette que tu me devais !

Lorsqu'il a retrouvé ses hommes et qu'une recherche a été vérifiée, quatre cadavres ont regardé le ciel avec leurs yeux vitreux. Ils appartenaient tous à l'ancienne équipe du ranch, et ce détail leur a permis de présumer que Lowell était celui qui avait organisé l'attaque.

Ils trouvèrent aussi près des hangars le corps de l'autre braqueur qui avait été abattu par le pion, et Fred, se grattant la tête, marmonna

« Gagnez dix dollars, Bud.

"De sorte que? Demanda ce dernier, perplexe.

"Pour encore cinq couronnes." Vous savez déjà que nous avons établi cette coutume et nous ne devons pas la manquer. Deux dollars pour chaque crapaud de ceux-ci n'est pas un mauvais prix, Bud paierait volontiers deux mois complets pour pouvoir l'appliquer à autant de chacals de cette espèce.

"D'accord, ici," dit Bud en lui tendant l'argent, "mais ils deviennent ruineux pour moi." Désormais, je baisse le taux à un dollar.

« Ne sois pas méchant, Bud. Ne comprenez-vous pas que s'ils découvrent que vous êtes si méchant dans ce dernier hommage, ils se sentiront dégoûtés et ils ne voudront pas se mettre à portée de nos fusils ? Si à la fin votre beau-père gênant va payer pour ça !

Bud n'a pas voulu discuter davantage et s'est retiré dans les hangars, où ils ont commencé à calmer les étalons, ce qui a demandé beaucoup de travail.

Une semaine plus tard, Bud a conclu un accord avec un éleveur de Las Vegas, Nevada, et a renoncé aux étalons sauvages au prix marqué de 12 111 $, réservant uniquement le cheval blanc, qu'il avait baptisé du nom provocateur de "Hurricane". .

Lorsqu'il s'est retrouvé propriétaire de l'argent, il a négocié avec l'État pour acheter le terrain adjacent à ses pâturages, et une partie du reste a été utilisé pour acquérir un point de yearlings, qui un jour bientôt augmenterait la valeur de la propriété. par un peu. pour cent.

Bien que Bud croyait à des centaines de lieues de connaître la vérité de ses manœuvres et de ses combinaisons pour remplir les termes du contrat et, surtout, pour donner à son « gênant beau-père » une leçon d'ingéniosité, d'audace et d'agressivité, la vérité était que Big était au courant de tout ce que Bud faisait, puisqu'il était en étroite amitié avec le shérif de Whitebills, qui prenait soin de le tenir au courant de tout ce qui se passait au ranch, lui envoyant un lettre hebdomadaire dont Bud n'avait même pas connaissance. soupçon le plus lointain.

Et c'est ainsi qu'il apprit, ainsi que le règlement du ranch, la mort du hors-la-loi Ray, le sauvetage de ces trois mille dollars qui lui avaient été si utiles pour sauver le premier nid-de-poule angoissé qui se présenta, et, plus tard, de son sort. et rusé découvrir le troupeau d'étalons et les capturer, comme dernièrement de la vente de ceux-ci et l'acquisition de plus de pâturages et de nouveaux bovins à ajouter au troupeau épuisé.

Big se frotta les mains avec plaisir en regardant l'agressivité et la ténacité de Bud, mais il resta silencieux et réservé pour ses nouvelles. Il le croyait si vaniteux qu'il n'hésiterait pas à se frotter la figure du succès obtenu avec la capture des chevaux et leur vente ; Mais les jours passaient et Bud était toujours aussi étroit que les montagnes qui entouraient le Grand Canyon.

CHAPITRE IX

EN TANT QU'UN BUD BALANCE UN COMPTE EN ATTENTE

Un matin, Big, furieux, appela sa fille et lui montra une lettre qu'il venait de recevoir d'Oakle, le shérif, déclara :

« Que penses-tu de cet imbécile ? Après n'avoir pas daigné écrire un mot ni rendre compte depuis plus de quatre mois qu'il est au ranch, il se consacre à marcher comme un roi avec ce magnifique étalon blanc qui lui a été réservé, comme s'il en était vraiment le propriétaire. de tout et nous avons mis de côté comme une chose méprisable. Pensez-vous que cela devrait être autorisé?

Nancy, qui était en feu depuis un certain temps, aspirait à l'absence de Bud, a répondu :

« C'est de ta faute, papa. Vous l'avez traité comme le dernier pion de votre ranch. Vous l'avez envoyé dans une entreprise dans laquelle il a risqué sa vie des dizaines de fois, amélioré le ranch, acquis des terres, du bétail, etc., le tout sans l'aider un sou, et maintenant vous vous plaignez parce qu'il réserve ses succès. Qu'avez-vous fait pour qu'il se comporte différemment ?

« J'ai dû couper tes vols, Nancy. Tu le sais. C'est un homme terrible et si je lui donne des ailes un jour, il vient me dire que ce ranch lui appartient aussi.

« Il me semble que vous le jugez très superficiellement. Je crois que tout cela n'est rien de plus que l'enseignement secondaire. Bud est un romantique sentimental dans l'âme.

"Si romantique qu'il fait l'amour aux filles de riches éleveurs et essaie de reconstituer sa fortune par ce moyen."

"Pas de bêtises, papa." Vous gagnez ce qui vous appartiendra.

"Le vôtre? Tant qu'il ne se mettra pas à genoux devant moi en rampant, je pense qu'il va rester avec le désir.

« Vous avez un contrat signé avec lui.

"Nous verrons comment cela a été accompli à la fin de l'année." J'ai peur qu'il manque.

"On verra. Je pense que ça va être long.

"Vous êtes un autre romantique, qui ne voyez en lui que l'homme héroïque et vaniteux, dont les succès brillent avec le "Colt" en main. Pour l'instant, comme j'en ai marre du traitement que tu me donnes, je vais t'écrire une lettre qui va te brûler les cheveux.

« Attention à ne pas répondre avec un autre qui te brûle la moustache et tu ne sais pas comment y répondre. Pour ma part, je vais vous dire que j'en ai marre de cette situation agaçante et que j'ai besoin qu'elle soit éclaircie une bonne fois pour toutes.

"Eh bien, eh bien, je vais éclaircir ça, et aujourd'hui."

Et, en effet, le jour même, il écrivit à Bud une lettre qui allait être comme une poudrière.

La lettre Bud dut la parcourir deux fois pour se convaincre de son contenu se lisait ainsi :

"Cher Monsieur:

« Il y a quatre mois, j'ai placé une confiance excessive en vous, vous confiant l'administration du ranch de ma fille Nancy, et c'est la date à laquelle vous n'avez pas encore rendu le moindre compte des bénéfices, ni consulté dans le moindre détail sur quoi faire ou ne pas faire, selon les intérêts de ma fille.

"Comme cette conduite n'est pas correcte, j'espère que vous m'enverrez dans les plus brefs délais un relevé de compte et une liste de vos activités pour améliorer la propriété, ce que je doute fort que vous ayez réalisé, car votre silence est trop éloquent dans ce sens.

"Lou Grand."

Bud a éclaté dans une tempête de jurons contre le vieil éleveur rusé et, sans s'arrêter pour réfléchir davantage, a pris sa plume et a répondu par la lettre suivante :

"Cher Monsieur:

"Je ne peux pas dire, galamment, que j'ai été surpris par le ton de votre lettre, car c'est la seule chose que je pouvais attendre de vous, après votre rendez-vous précédent il y a quatre mois.

« Vous me demandez un extrait de compte et, comme il est de mon devoir de vous le remettre, vous l'avez ici :

"Pour le salaire de 14 ouvriers pendant quatre mois, à 61 $ par mois 3 361

« Pour le salaire du contremaître pendant quatre mois, à 81 $ par mois 321

"Pour le salaire de mon manager pendant quatre mois, au taux de 100

dollars par mois

.... 400

« Pour un salaire de quatre mois à un assistant, à 20 $ par mois 80

« Pour l'entretien de 16 personnes pendant quatre mois, à raison de

16 dollars par jour 1 920

« Pour avoir dépensé 25 couronnes, à 11 $ la couronne, pour autant

ennemis de sa propriété, que j'ai tués avec l'exposition de ma vie ... 250

"Total des dollars 6 330

"Comme apparemment sa préoccupation fondamentale est de rembourser cette dette, comprenant que son montant sera très nécessaire pour répondre aux besoins du ranch, j'inclus cet extrait, sûr que par les moyens les plus rapides à sa disposition il m'enverra ledit montant.

« Vous pourriez ajouter d'autres petites dépenses « les projectiles dépensés contre le bétail ennemi de votre propriété » mais celles-ci peuvent attendre le solde final.

"En vous retournant les salutations affectueuses que vous m'adressez, au nom de vous tous, je reste votre serviteur,

"Ruines de bourgeons."

* * *

Lorsque Fred a entendu parler de cette correspondance blessante cette nuit-là, il a été scandalisé jusqu'au paroxysme par la bassesse de Big, mais a éclaté de rire devant la réponse dure et bien méritée.

"C'est bien, Bud." Et je pense que vous devriez ajouter que si à partir de ce jour notre salaire n'augmente pas, nous irons dans un autre ranch moins radin.

« Laissez-le tel quel, il est déjà servi. Avec cette lettre il n'y a que deux attitudes : soit venir en personne pour en discuter, soit éclater et avaler le contenu.

Bud avait raison, car lorsque Big a reçu la lettre, il était vraiment indigné et a crié, ce qui a effrayé sa propre fille.

« Mais pensez-vous que c'est tolérable, Nancy ? C'est une insulte à votre père, à laquelle je ne peux consentir.

« Que vouliez-vous que je vous envoie l'or des mines de Californie ?

"Non! ... Mais cela m'a donné un vrai relevé de compte et pas de tricherie. Où est tout ce que le ranch a produit et pourquoi n'en suis-je pas conscient ?

"Vous savez où c'est : Oakle l'a spécifié pour vous." Il a acheté de nouvelles terres, il a acheté plus de bétail, il a réparé le ranch. Tout cela est là. Au lieu de cela, que lui avez-vous donné pour les dépenses péremptoires ? Rien de ce qu'il a fait n'a été fait avec notre argent.

— Et l'argent que tu as sauvé de Ray ? Et celui qui a produit la vente des chevaux ? Est-ce que vous avez tout utilisé dans ce que vous spécifiez ?

« Peut-être pas ; s'il l'avait fait, il n'aurait plus d'équipe, ni contremaître, ni bonne, car personne ne travaille sans salaire. Il est vrai qu'il vous a caché ces gains, qu'ils n'appartiennent pas vraiment ranch, mais il a dû le rendre ennuyeux pour votre attitude. À son époque, quand il remplira le contrat, ils sortiront.

" Sûr! Vous devez le défendre, qu'allez-vous faire ? Vous êtes plus intéressé que moi... Et ce slogan qui ajoute à l'équilibre ? Cinquante dollars pour des couronnes aux morts ! ... Croit-on que je suis une société funéraire philanthropique, que je dois couronner tous ceux qui meurent dans cette maudite ville ?

"Bien sûr que non, Bolt garde à l'esprit qu'il fait référence aux indésirables qu'il a dû éliminer pour défendre notre propriété.

« J'aimerais bien le voir... Cinquante dollars !... Vingt-cinq couronnes ! Mais, est-ce que l'on croit que je vais voler l'argent pour satisfaire son envie d'homme affamé de sang comme les hyènes ? Pour moi, qu'il les tue ; Mais qu'il mette dans sa tombe un bouquet de fleurs sauvages, qui sont à portée de main et ne coûtent rien. Comme l'homme luxueux et ressemblant à une arme à feu sort de moi !

Nancy, très amusée par l'indignation de son père, demanda :

« Que comptez-vous répondre ?

"Ce que j'ai l'intention de répondre, je le réserve." Dans votre journée, vous saurez.

"Eh bien, j'espère que vous ne mourrez pas d'un accident vasculaire cérébral avec la réponse."

"J'espère aussi." Au lieu de cela, il peut avoir à méditer pendant longtemps.

Big a insisté pour ne pas donner de détails sur ce qu'il comptait faire, et Nancy, très amusée par la réponse de Bud, s'est préparée à le quitter, non sans avertissement :

"Eh bien, comme la courtoisie n'empêche pas la bravoure, quand vous écrivez, vous envoyez mes salutations." Je ne pense pas qu'il y ait de raison de ne pas vous les envoyer.

"Non, au fond, peut-être pas, mais au passage... Bon, je vais voir ce que je fais."

Quand Big a été laissé seul, il a souri. Bien qu'il se soit montré avec tant d'indignation, ce n'était rien de plus qu'un masque. Il aimait l'énergie de Bud et, surtout, son ingéniosité démontrée pour sortir de la mauvaise transe dans laquelle il l'avait mis et la vraie valeur qu'il accordait au ranch.

Mais il voulait l'humilier et le faire souffrir avant de lui donner sa fille, et il croyait y parvenir à peu de frais.

Après le départ de Bud, il avait engagé, sur la recommandation d'un ami, un nouveau contremaître. C'était un jeune homme grand, fort, gros et dur, qui devait posséder une force inhabituelle, et ce serait celui qui était chargé d'apporter la réponse à Bud.

Il convoqua le contremaître dans son bureau et, après un examen pour se convaincre que ses projets ne pouvaient échouer, lui demanda :

« Dites-moi, William, voudriez-vous gagner cent dollars ?

"   Gee, patron, vous ne vous demandez même pas !

« Bien, mais je dois vous avertir que vous n'allez pas le gagner simplement en allant à un rodéo. »

"Je peux l'imaginer; mais j'espère que c'est quelque chose que je peux développer.

« À en juger par sa paume, je pense que oui. » Il s'agit de donner une bonne raclée à un certain type.

« Rien de plus que ça ?

"Rien de plus. Il est bien entendu qu'il ne doit pas y avoir de jeu pyrotechnique. La chose doit être d'un poing propre, et si en plus de la raclée vous parvenez à l'amener en travers de la selle de son cheval, j'ajouterai cent dollars à l'offre.

"Pour ce prix, je le porte sur vos épaules." C'est à propos de qui?

"De mon ancien contremaître, Bud Raines, qui dirige maintenant le ranch de ma fille à Whitebills."

"Eh bien, je ne pense pas que ce soit très difficile de le battre avec les poings, mais vous oubliez que Bud est né avec le" Colt "à la main et que s'il se met au dessin, alors...

"""Ce n'est pas exact. Vous devez vous présenter désarmé. Dites-lui que vous êtes chargé de le battre et de l'amener au ranch et vous ne sortirez pas de ce programme.

Soyez assuré qu'alors, et en aucun cas, Bud sera un lâche au point de vous tirer dessus.

"Très bien. Bon, tout de suite j'y vais. J'exhorte à avoir ces dollars dans ma poche dès que possible.

* * *

Bud passa quelques jours agités, se demandant quelle serait la réaction de Big après sa lettre et ce qu'il ferait quand il serait traité comme ça.

Elle ne s'inquiétait pas de l'attitude de l'ancien éleveur, ou de ce qu'il pensait de lui, mais elle s'inquiétait de ce que son attitude pouvait influencer sur l'esprit de Nancy. Son silence lui avait brisé le cœur et elle se demanda si elle avait été influencée par son père pour arrêter toute relation plus étroite ou si, en effet, tous deux essaieraient de se moquer de lui, le croyant un inepte incapable d'effectuer le travail ardu et dangereux qui avait été fait. impôt.

Le matin du premier dimanche, à compter de la date à laquelle il a envoyé sa lettre agressive, lui a apporté une réponse inattendue et une surprise encore moins attendue.

Fred, qui ne s'était pas décidé à descendre en ville, craignant de perdre son sang-froid et de retomber avec une autre scène d'amour comme celle de la nuit d'antan, était dans la cour en train de revoir des gars, quand il a attrapé le trot d'un cheval parti. Il approchait, et, surpris par une visite possible, il abandonna son travail et regarda curieusement le portail de la clôture.

Un cavalier d'allure imposante s'arrêta devant elle et, sans descendre de cheval, lui demanda :

« Est-ce le ranch « Cruz Alta » ?

« Il semble que oui, mon ami. Que puis-je faire pour vous?

« Est-ce que M. Raines est dedans ?

« Selon à quoi il sert. »

« J'ai une mission personnelle de Mr Big.

Fred examina curieusement l'invité qui, étrangement, n'avait pas d'arme à sa ceinture et demanda :

« Une lettre par hasard ? "

"Pas. La commission est personnelle.

« Et non » transférable ? Fred a demandé sarcastiquement.

Guillaume, car il était le nouveau venu, le regarda de haut en bas avec mépris et répondit :

« Autant que ça, non. Je peux vous le transmettre, mais après que vous ayez essayé de le donner à M. Bud, s'il n'est pas en mesure de le recevoir.

Fred saisit l'air menaçant de la réponse et, devinant une ruse, répondit :

"Ça me sent que tu viens manger les enfants crus, et si c'est le cas, j'ai peur que tes dents soient encore trop laiteuses pour ça." De toute façon, tout est reçu ici et tout est rendu... même avec des revenus. Conserverez-vous le revolver jusqu'à ce que vous en ayez discuté avec M. Bud ?

« Tu as peur d'être tué ?

"Non, c'est pour votre sécurité personnelle." Vous pourriez trop lui faire confiance et...

"Je n'ai pas d'armes." Vous pouvez m'inscrire.

" Bravo! Vous ne venez qu'armé de poings. J'admire vraiment tes tripes. J'aimerais que le patron me donne le plaisir de discuter avec vous plus tard.

« Si tel est votre souhait, je m'y offre avec ou sans l'autorisation de votre employeur.

"Très reconnaissant, cependant..."

"Quoi?

"Rien. Que j'ai peur de ne pas arriver à temps au banquet. Attends un peu, je te tiens au courant.

Fred, très amusé, monta au bureau où travaillait Bud et, posant la main sur le livre, prévint :

« Pose ton stylo et mets tes chaussures. Là-bas, vous avez un messager du ranch de Big.

« Qu'est-ce que tu as, une lettre ? demanda Bud, se levant rapidement.

« Non, fiston ; mais apportez une paire de poings capables d'abattre un taureau de six ans.

« Que veux-tu dire par là, Fred ?

« Qu'il apporte l'ordre de répondre à votre lettre avec ses poings. Il vient sans armes, signe que Big lui a expliqué à quel point il serait dangereux de s'occuper de vous avec "Colt" en main; mais, au contraire, il est vantard et agressif, parlant de tâches personnelles qui me sont transférées, si vous n'êtes pas en mesure de vous en occuper.

Amusé, Bud fit quelques pompes avec ses bras musclés et, allumant sa pipe, descendit dans la cour, où l'herculéen William attendait curieusement la présence de Bud.

Celui-ci, flegmatique, s'adressa à lui en disant :

"Bonjour mon ami. On me dit que M. Big vous a confié une mission très personnelle.

"C'est comme ça.

"Bien. Eh bien vous direz.

"Le travail consiste simplement à vous donner une bonne raclée en réponse au ton d'une certaine lettre que vous lui avez envoyée, puis à la porter en travers de la selle."

"Rien de plus?

"Rien de plus que ça."

« Ils vous ont payé d'avance pour le travail, n'est-ce pas ?

"Non, mais ça ne me dérange pas."

« Moi, parce que ce serait dommage si vous reveniez avec une poignée de dents en moins et qu'ensuite ils vous refusent les vingt dollars que cet avare vous aura offerts, avec lesquels vous n'auriez même pas à renouveler vos dents. »

"Ce n'est pas votre compte." J'attends donc vos ordres pour vous tabasser quand vous le voudrez.

"Pour ma part, nous pouvons commencer tout de suite." J'avais juste hâte de faire un petit exercice qui me donnerait envie de manger... Tu trouves que ce site est bien ?

"Je lui suis indifférent."

"Moi aussi. Il vous a prévenu au cas où vous trouveriez les dalles de terrasse trop dures à supporter pour votre tête...

« Pensez-vous que le vôtre résistera au coup ?

« Je n'ai pas pris la peine d'y penser. Je n'ai pas l'intention de tester la dureté de son contenu.

« On verra ça. Quand vous voulez, M. Bud.

"Vous pouvez commencer quand vous voulez, monsieur..."

"William, je m'appelle William Polk."

"D'accord, écris le nom, Fred." Vous en aurez besoin pour le greffe judiciaire et pour lui commander la couronne habituelle.

« Wow, encore deux dollars sur la facture ! » Big va être ruiné à ce rythme.

Bud se prépara à l'une des crises les plus brutales qu'il ait jamais subies. Il ne dédaignait pas la force de son ennemi, ni les poings rudes et épais qu'il montrait, et la confiance qu'il montrait dans le succès. William doit être un combattant professionnel habitué à traiter avec des hommes durs, et même s'il comptait également sur ses poings et les leçons habiles que Fred, son professeur, lui avait données, il savait qu'il devrait mettre toute son âme dans le combat s'il ne voulaient pas se voir. exposé à cette brute accomplissant consciencieusement l'ordre qu'ils lui avaient donné.

Confiant tout le succès à sa souplesse de jambes et de taille, dans ce qu'il savait être meilleur que son rival, il a commencé le combat avec quelques menaces au visage sans intention de les exécuter et seulement pour s'orienter sur la capacité de combat de son rival et tactique qu'il allait utiliser.

Bientôt il fut convaincu qu'il n'avait devant lui qu'un homme grand et fort, dur de poings, résistant au châtiment et aveugle au coup de poing ; mais il manquait d'école pour esquiver et briser la garde de son adversaire, et cela le rassurait.

Il le laissait se fatiguer l'obligeant à utiliser trop de mobilité pour son poids et quand il l'aurait cassé il se consacrerait à être l'attaquant, avec toute l'agressivité et la vivacité qu'il possédait.

Moins de dix minutes après le combat, William haletait comme un bœuf traqué. Bud l'avait forcé à utiliser trop de ses jambes et de ses bras avec très peu de performance, et il se rendait compte qu'il n'était pas aussi facile de vaincre cet ennemi flexible qu'il l'avait calculé.

Il était vrai qu'il avait réussi à toucher le visage de Bud plusieurs fois, le faisant saigner d'une oreille et avait même appliqué un coup régulier sur son épaule sans recevoir la moindre caresse, mais cela ne suffisait pas et il avait besoin d'appliquer sa force à lui pleinement. poing quelque part vital sur votre corps.

Il cherchait un moyen de se casser le visage ou de lui mettre un poing dans le ventre, quand sur un signal de Fred, qui assistait calmement au combat, Bud se précipita vers l'auberge et, avant que son ennemi n'ait eu le temps d'anticiper l'attaque, avait reçu un énorme direct dans la bouche qui l'obligeait à cracher du sang mêlé de quelques jurons du meilleur lexique de cow-boy.

Fred, qui avait entamé un geste d'approbation au coup magnifique, prévint :

« Attention, Bud ; » laisser une dent à sa place pour que j'aie plus tard où je peux me distraire. Le monsieur m'a galamment promis de m'entraîner un peu avec moi quand je vous mettrais hors de combat et si vous en appliquez un autre direct comme ça je n'en trouverai pas plus que tout.

William, se mordant la lèvre, rugit :

« Je vais vous défaire tous les deux, sales cochons ! Tu n'as toujours pas vu de quoi un homme comme moi est capable avec ses poings.

"Pas; Nous ne l'avons pas vu... nous ne le verrons pas non plus et ce sera vraiment dommage... pour vous.

Le surveillant, furieux de ces coups, a tenté, dans une attaque désespérée, de briser la garde de Bud en marchant sur son sol. Le jeune homme, d'un bond, esquiva la tactique et son poing droit fut cloué dans un œil de son adversaire, qui leva les mains pour protéger son visage, recevant aussitôt un autre coup au ventre, qui l'obligea à se pencher en avant pour s'adapter. un tiers de bas en haut, lui écrasant horriblement le nez.

Le cow-boy, meurtri, souffrant, aveuglé par le sang et enragé par les coups, perdit son sang-froid et aveuglément, comme si ses bras étaient des lames de moulin se déplaçant mécaniquement, il se jeta sur Bud d'une manière absurde, présentant son visage aux coups qui l'autre voulait administrer, sans parvenir à en appliquer une définitive.

Et ainsi, en cinq minutes, il a été assommé avec son visage complètement enflé.

Un dernier coup, appliqué au menton sans aucun obstacle, l'endormit pendant quelques heures, et lorsqu'il trouva son corps à terre, Bud, qui transpirait comme un damné et ne pouvait plus tenir ses bras du poids qu'il sentit sur eux, il essuya la sueur de son front en s'écriant :

« Quel morceau d'éléphant ! Je pensais que je n'allais pas le mettre fin à ma vie !

"Ouais, c'était un os, Bud," dit Fred.

« Mais il vous a été très utile de traiter avec lui. Vous devez garder à l'esprit que beaucoup d'entre eux peuvent vous tomber dessus, et vous devez être formé pour y faire face.

« Waouh ! Le premier de ces mastodontes à se vanter de bravo encore une fois j'ai coupé la course à coups de coups. Je suis né avec le "Colt" en main, et c'est ma force.

"Eh bien, mon cher." Que fait-on maintenant avec ce crapaud ?

"Quoi? ... Attends, je te le dis tout de suite. Allez préparer votre cheval et le sien.

Bud monta à son bureau et écrivit une courte lettre qu'il mit dans une enveloppe, puis descendit dans le patio et dit à Fred :

"Veuillez le croiser en selle et monter à cheval." Mettez cette lettre dans sa poche et accompagnez-le jusqu'à la porte du ranch de Big. Je veux être sûr que lui et la lettre atteignent leur destination.

Fred a retroussé ses lèvres au commandement et s'est exclamé :

« Hé, qu'est-ce que je t'ai fait pour m'appliquer cette punition ? Avez-vous remarqué que d'ici au Grand Canyon, il y a un peu plus de cent milles en ligne droite ?

"Comme s'il y en avait deux mille." Je veux que vous voyiez comment j'ai mis votre tireur pour qu'il ne vous dise pas de mensonge et réfléchissez un peu avant de refaire le test.

Fred, résigné, attacha ses mains et ses pieds au contremaître au cas où il réagirait sur la route et en grommelant fit ses préparatifs pour partir.

CHAPITRE X

GROS URDE UN PROJET TROP DANGEREUX

Quelques jours plus tard, Big était en compagnie de sa fille penchée sur la balustrade du ranch et contemplait le paysage embelli par un magnifique coucher de soleil, lorsque l'éleveur, fixant son regard sur la vallée, vers le chemin qui menait au ranch, s'exclama le bras tendu. :

« Qu'est-ce qui se passe là-bas ? On dirait un cheval sans selle.

Nancy a suivi la direction du bras de son père avec ses yeux et a répondu :

"Il semble. C'est un cheval qui doit porter quelque chose sur son dos. Je vois comme un sac pendu par les flancs.

Ils attendirent, pleins de curiosité, que le cheval, qui avançait d'un bon pas, fut tiré, avec plus de précision. C'est alors que Big, stupéfait, ajouta :

" Par les cornes d'une vache ! Si ce que vous portez est un homme croisé sur la chaise.

Elle descendit rapidement de la balustrade dans la cour, et lorsqu'elle ouvrit le portail de la clôture, le cheval s'était déjà arrêté à côté d'elle.

Big reconnut alors la monture de Guillaume, son contremaître, et comme il s'approcha du paquet percé dans le dos, il n'eut pas besoin de regarder son visage pour comprendre qu'il était son envoyé.

Mais lorsqu'il a essayé de s'en assurer, il a eu un frisson d'horreur en observant comment le maire présentait un visage meurtri et enflé, tout plein de sang, ainsi que ses vêtements.

Enragé, il a poussé de grands cris pour demander que le blessé soit soigné et aidé par le cuisinier et un autre lui a coupé les ligatures et l'a transféré dans un lit, où ils ont procédé à une cure d'urgence.

William, bien qu'il ait repris connaissance en chemin, l'a de nouveau perdu à cause de la douleur et de la terrible posture qu'il portait sur le cheval et ainsi, lorsqu'ils l'ont mis sur le lit, il était une masse inerte qui n'était pas en position pour donner la moindre référence à ce qui s'est passé.

Le péon se mit à le déshabiller et, ce faisant, découvrit parmi ses vêtements une lettre adressée au rancher, qu'il s'empressa de remettre.

Gros, jaune de la bile qu'il avalait, déchira l'enveloppe et lut :

« Monsieur le Grand :

"Je n'ai jamais supposé que vous étiez si vil, que pour payer vos dettes légales vous utilisiez des voyous par métier, et encore moins que vous réserviez votre visage comme des hommes.

« Vous m'avez envoyé un ours des Montagnes Noires pour qu'au lieu de me payer les 6 311, il me donne une raclée d'une valeur de ce montant ; mais vous m'avez évalué bien en deçà de ma force et j'espère qu'à partir de maintenant vous donnerez une valeur plus juste.

"Je te rends ton rouleau compresseur humain parce qu'il ne m'a pas bien servi. Si tu veux vraiment que quelqu'un m'élimine, envoie-moi une demi-douzaine comme ça, s'il faut régler l'affaire à coups de poing, ou une demi-douzaine d'hommes armés si nous devons le résoudre avec des coups de feu.

"Je pensais le lui avoir rendu un peu plus présentable, car je comprends que le pauvre va arriver en pagaille, mais je n'ai pas osé le faire, car le budget d'arnica et d'iode allait être excessif pour ajouter à la facture, et je ne suis pas disposé à faire plus d'avances.

"Et maintenant, sachez ceci : soit vous payez ce que vous devez légalement, soit je demanderai une hypothèque sur le ranch; dont les intérêts iront à vos dépens. Je suis votre partenaire industriel et vous êtes le capitaliste, et donc c'est en place à vous de verser de l'argent pour les dépenses générales.

"En attente de votre réponse rapide, vous salue,

"Bourgeon Raines."

Big a déclenché une terrible tempête d'épithètes sur Bud et son arbre généalogique, d'Adam à nos jours, mais Nancy, qui avait été amusée par la lettre, a coupé son verbiage en avertissant :

« Papa, je t'ai déjà dit que tu risquais une autre déception. Tu te croyais plus fort que Bud et tu te casses les doigts contre le fer quand tu lui tapes dessus.

"Non, maudite âme !" Gros rugit. Je n'ai rien cru de tout cela. Ce que j'essaye, c'est de couper les fumées et du coup de tester son courage, mais cela s'avère trop dur pour moi et c'est ma peur.

"Parce que? Aviez-vous besoin d'une demoiselle pour gérer l'entreprise du ranch ? N'étiez-vous pas convaincu qu'il n'y avait besoin que d'un homme comme Bud ?

"Oui, et je ne m'en plains pas, mais je me plains du manque de respect avec lequel vous me traitez." Il a dû comprendre que je vais être son futur beau-père et que je mérite plus de considération qu'il ne m'en accorde.

« Lesquels lui as-tu donné ? Vous récoltez ce que vous avez semé, et écoutez-moi bien : comme il faut beaucoup de temps pour résoudre cette affaire, je crains qu'à la fin il n'y ait pas de solution.

"Donnez-moi la formule si vous pensez que c'est si facile."

"Moi? Ai-je peut-être remonté ce Tiberium pour devoir le défaire ? Que vous, vous avez fait un gâchis formidable. Pour ma part, je ne vous dirai qu'une chose. Bien que cela vous dérange, je suis très heureux de ce qui se passe. Bud s'est comporté comme il le devait dans cette affaire et a fait ce que personne d'autre n'aurait fait à sa place pour sauver cela et me rendre un ranch fructueux de ce qui était un nid de frelons. Je pense que le moment est venu de dissiper ces malentendus et de remettre les choses à leur vraie place, car je crains qu'à la dernière minute je ne juge la même chose que vous et que tout l'amour du château de cartes que j'ai élevé ne vienne à terre sans justification et pour mon malheur.

Big s'est mis très en colère contre sa fille pour ces mots. Elle n'était rien de plus qu'une égoïste, qui au lieu de le remercier pour ce qu'il avait essayé de couper les ongles de Bud et de le transformer en un être sensé et rationnel, elle faisait sa part pour l'encourager et lui permettre de continuer à se transformer en un la bête.

Ils discutaient avec passion lorsque le cuisinier annonça la visite de Laurence Raft, l'éleveur.

Nancy se leva avec colère de son siège en disant :

« Tu le salues, papa. Je suis ce gars de bout en bout.

Big, désireux de l'embêter, dit :

"Eh bien, pas moi." J'ai réalisé qu'il est l'homme idéal pour vous et je regrette d'avoir donné des ailes à cet autre gars pour vous courtiser. Je pense que tu devrais y réfléchir un peu et étudier la situation. Raft est un homme riche, gentil, compréhensif...

"Et idiot et ridicule," s'exclama-t-elle avec excitation. L'homme qui courtise une femme, qui surprend une autre en l'embrassant et qui après s'être laissé fesser par lui insiste pour courtiser cette femme, n'a aucune dignité.

Big, méchamment, a répondu:

"Qu'est ce que tu en sais? Pensez-vous que si Raft retrouvait Bud pour lui disputer votre affection, il se laisserait abattre si bêtement ? Et bien non. Je suis sûr que cela lui ferait bouillir le visage et couperait les vapeurs d'intimidation qu'il a pour toujours.

« Qui, Radeau ? Demanda-t-elle avec dédain. Je parierais mon âme que non.

"Oui? Bon, je te fais une proposition, pour te montrer que ton idole a des pieds d'argile.

"Lequel? Nancy a demandé avec défi.

"Je sais ce qui s'en vient." Il continue fou amoureux de vous et insiste chaque jour pour que je l'accepte, en principe, comme beau-fils, afin qu'il puisse vous faire l'amour sans restrictions. Je vais lui proposer de retirer Bud de votre chemin et alors je n'aurai aucun problème à lui donner ma pleine autorisation pour vous faire l'amour officiellement.

Nancy a ri nerveusement et a répondu :

« Et tu trouves que c'est tellement stupide que je l'accepte ?

"Pourquoi pas? Vous jugez mal Laurence. C'est un garçon très courageux...

"Tu penses? Bon... j'accepte. Qu'il essaie d'aller au ranch pour obtenir ce que cet ours William n'a pas eu, et s'il en a le courage, et qu'il revient victorieux, je me résigne ; mais il est bien entendu que s'il vous le rend en particules, je ne veux pas que vous m'en blâmiez.

"Ne vous inquiétez pas, rien de tel n'arrivera." Laurence sera l'homme qui saura venger les humiliations que ce type grossier m'a infligées et qui me fera comprendre qui il est vraiment un homme.

Nancy, haussant les épaules, quitta le bureau de son père. Elle était tellement convaincue que Raft non seulement échouerait, mais prendrait une terrible raclée, qu'elle ne pensait pas à l'engagement qu'elle avait pris dans l'événement lointain où Laurence avait réussi à vaincre Bud.

Big donna l'ordre de faire entrer Raft. L'homme fringant et beau, vêtu d'une tenue très élégante et explosive qui faisait de lui le dandy des cow-boys de l'ouest, entra dans le bureau résolu et déterminé.

Big le regarda de la tête aux pieds d'un air dubitatif. Ce n'était pas un méchant ; Il s'est avéré fort et solide, mais à côté de William, il était un poids plume, et pourtant Bud avait magnifiquement battu le fort contremaître. Mais Big, qui était psychologue et en plus d'un personnage sournois et malicieux, avait des projets très différents de ceux qu'il avait exposés à sa fille.

Elle n'a pas rejeté Bud et n'a eu aucune rancune contre lui autre que celle qu'elle sentait être si fière et indomptable. Pour le reste, il admirait ses qualités : esprit, agressivité et fierté, et le croyait un futur gendre estimable.

Mais il y avait autre chose à ce sujet qu'il voulait liquider sans s'exposer à être stigmatisé comme un homme variable et pas très ferme dans ses convictions.

Il y a bien longtemps, avant que Bud ne devienne un météore dans l'histoire du ranch, Big avait à moitié "compromis avec le père de Laurence pour harmoniser un éventuel lien entre leurs enfants. Il semblait que c'était une affaire pour tous les deux et quelque chose de très utile sentimentalement pour tous, car cela unirait les deux fortunes et ferait du couple un mariage idéal.

Big n'a pas hésité à accepter l'idée en principe, d'autant plus que parmi les jeunes hommes qui pouvaient se démarquer dans le Grand Canyon il y en avait très peu qui pouvaient remplir les conditions souhaitées par lui pour sa fille, mais il a bien pris soin de la laisser en sécurité. . Le testament de Nancy, celui qu'elle ne pouvait pas forcer pour quelque chose d'aussi grave que le mariage.

Au début, il a trouvé Raft gentil et amical, mais peu à peu, il a commencé à ne pas l'aimer. Il était trop présomptueux, un peu volage, plus un ami pour se vanter dans les fêtes et les rodéos que pour marteler ses os dans la selle du cheval et attacher le bétail pour les marquer, et il se dit que cela n'était pas digne d'un éleveur dans son école.

Les pâturages doivent être soignés et gardés par leur propriétaire et sinon, ni les ouvriers ne travaillent avec foi, ni le bétail ne sont en sécurité, car les éleveurs trouvent toujours une brèche ouverte pour couper les barbelés quand ils savent que l'œil du maître ne pas garder le ranch.

S'il pouvait manquer quelque chose pour ne pas se sentir convaincu du jeune homme, cela a été mis en évidence par la scène dans le patio la nuit où Bud a administré cette raclée souveraine et le peu de dignité montré plus tard, en continuant à être amoureux de Nancy et à vouloir se marier. elle malgré le fait de savoir qu'un autre homme avait croisé son chemin avec la possibilité de succès, commettant une action qui, n'étant pas répudiée par elle, l'a laissé dans un endroit ridicule.

Big accueille chaleureusement Laurence en lui demandant :

« Quoi de neuf, cher Raft ? Où marchez-vous si gracieusement à cette heure de l'après-midi ?

"Seulement pour vous voir, M. Big."

« Oh, pour moi, ne pas avoir pris la peine de perdre quelques heures devant le miroir. Nous, les éleveurs de bétail, nous nous portons mieux plus nous sentons le bœuf.

"Oui," sourit Raft, "mais même si je viens te voir, je ne viens pas te voir..."

"Entendu. Cela justifie beaucoup de choses. Eh bien, mon cher ami, qu'est-ce que vous m'apportez ?

Laurence toussa pour s'éclaircir un peu la voix et dit :

"Eh bien, vraiment, pour insister auprès de toi sur quelque chose dont nous avons déjà parlé quelques fois, mais cette fois de manière plus sérieuse." Ce matin, j'ai échangé des impressions avec mon père et il m'a encouragé à venir lui parler en me rappelant certaines conversations que vous avez eues il y a quelque temps.

"À présent! ... Je me souviens que nous avons parlé de certains extrêmes, mais vous comprendrez que je n'ai que ma volonté, mais pas celle de ma fille.

"Bien sûr bien sûr! Mais tu es lourd.

« Quatre-vingt » cinq livres de plus ou de moins », dit sérieusement l'éleveur.

"Je veux dire, vos conseils pèsent lourd." Si cela vous intéresse... peut-être que Nancy se décidera et...

Big s'est lancé dans l'attaque complète et a répondu :

"Ecoute, Laurence." Je me suis souvenu de mes conversations avec votre père et j'ai essayé d'incliner l'esprit de Nancy vers vous. À un moment donné, je pensais que c'était décidé, mais quelque chose d'imprévu s'est produit et ...

"Je sais ce que tu veux dire," interrompit Raft en grimaçant, "mais cela semble être arrivé." Heureusement pour lui, Bud était absent et Nancy ne semble pas avoir pris son absence très au sérieux.

« Pas précisément ton absence, mais tu connais déjà les femmes, surtout celles d'Occident ; Ils sont impressionnables, ils tombent amoureux des hommes virils et courageux, ils les admirent pour leur aura d'hommes imbattables et ils laissent leur amour incliner à l'admiration plutôt qu'au sentiment d'affection lui-même. Ma fille ne fait pas exception et je ne peux pas jurer que Bud n'a laissé aucune empreinte dans son esprit. Cependant, quelque chose est arrivé qui met la situation dans un moment de tension et peut-être que quelqu'un qui sait comment en profiter peut tirer un grand avantage de ce terrible tireur.

"Pas ce tireur, pas si terrible, M. Big." Un tel homme, il y en a des dizaines en Occident.

"Tu ferais mieux de me le mettre alors." Le fait est que, comme vous ne l'ignorez pas, Nancy a hérité d'un ranch à Whitebills, dont le ranch était un hérisson, il n'y avait aucun moyen de l'atteindre sans piquer ses piquants. J'ai envoyé Bud là-bas avec la saine intention de se piquer, mais il devait être assez habile pour débarrasser sa peau de la caresse des piquants, et cela l'a fait grandir à un point tel qu'il est devenu grossier et insupportable.

"Il ne montre pas signe de vie, il ne rend pas compte de ses actes et quand, agacé, je lui ai envoyé une lettre au nom de ma fille lui ordonnant de remplir son obligation, il m'a répondu si grossièrement que Nancy a crevé le toit et justement.

"Pour le punir, j'ai décidé d'envoyer un de mes pions, celui qui avait promis de lui donner une bonne raclée, mais... vous savez ce que sont les gens payés. Il l'a pris avec peu de chaleur et... le résultat a été qu'au lieu de donner une fessée à la peau de mouton, il a reçu une fessée.

"Je ne peux pas tolérer cet état de fait et j'ai décidé d'aller au ranch, pour m'en occuper, mais, je soupçonne que les choses ne seront pas si faciles. J'ai déjà plusieurs années et ni mon agilité ni ma résistance ne sont pour les affronter. avec un jeune homme audacieux, mais je n'ai pas d'autre choix que de m'exposer. Nancy ne veut pas et est si désespérée, que je sais positivement que si un homme avec des tripes émergeait capable de lui donner une bonne raclée et abaisser les fumées, oh, cet homme aurait beaucoup de bétail pour gagner son amour.

Big avait astucieusement atteint le point souhaité. Le ballon avait été lancé et il ne restait plus qu'à ce jeune homme vaniteux et insensé à le ramasser.

Donc c'était ça. Radeau, avec des yeux de feu et un geste d'orgueil insupportable, se leva en disant :

« Quand voulez-vous que nous allions au ranch pour régler cette affaire ?

Big fit semblant d'être surpris et dit :

« Non, non, Radeau ! Je ne veux pas t'exposer à l'échec. Cela me ferait mal si cela devait vous servir de prétexte pour perdre le terrain que vous avez gagné dans le cœur de ma fille. Pensez que si vous étiez vaincu dans ces moments culminants, elle vous mépriserait pour lui avoir fait concevoir des espoirs qu'elle ne peut pas vraiment acquérir.

"Eh bien, j'apprécie votre intérêt, mais je sais que je n'ai pas d'autre chemin plus court et plus droit que celui-là." En revanche, j'ai une dette à payer à Bud et je suis infiniment heureux que cette opportunité se présente pour me permettre de la rembourser et, en même temps, lui retirer ce qui peut lui faire le plus mal au monde. Je suis déterminé et j'irai.

"Eh bien, je ne veux pas que tu croies que je veux te priver de la moindre chance d'obtenir ce que tu mérites, mais j'insiste sur le fait que le test est très dangereux pour toi."

"Et j'apprécie vos insinuations, mais je pense que je suis sûr du triomphe." N'oubliez pas que là où il y a un homme, un autre surgit.

"C'est très vrai."

"Alors j'espère que vous me direz quand est la marche."

"Eh bien... disons dans trois jours." J'ai encore quelques préparatifs à faire.

"Eh bien, je suis heureux et je viendrai ici." Maintenant, si vous me le permettez, je vais discuter avec Nancy.

« Je pense que tu es dans une mauvaise passe aujourd'hui. Nancy a un terrible mal de tête à cause de la lettre de cet homme et vous comprendrez à quel point ce serait ennuyeux pour elle de parler de choses sans rapport avec sa situation. Je pense que vous, le laisseriez pour demain, je le prends pour acquis.

"Eh bien, si tu le penses, je n'insiste pas."

Raft dit au revoir à Big, promettant de satisfaire son désir de vengeance et se retira très heureux de l'opportunité qui lui avait été offerte de décider Nancy. Sa dette impayée envers Bud doit être satisfaite, et il n'était pas homme à oublier les délits de cette nature.

D'un autre côté, l'amour de Nancy valait bien le sacrifice, et il était amoureux de la fille aussi passionnément que Bud pouvait l'être.

CHAPITRE XI

UNE FÊTE INTERROMPUE

Malicieusement ravi, Big a commencé à préparer le voyage à Whitebills. Au cours de ce voyage, il allait laisser beaucoup de choses intéressantes résolues, même s'il savait aussi qu'il allait avoir une interview trop acide avec cette poudre de son représentant, dont les nerfs et la fierté il n'y avait personne au monde capable de casser.

Le plus difficile pour lui était de convaincre sa fille de l'accompagner. Nancy avait hâte d'être à nouveau avec Bud, mais après tout ce qui s'était passé, elle avait peur de la première rencontre, ce qui pourrait se retourner contre Bud si Bud était aussi en colère contre elle qu'il l'avait été contre son père.

Big gâcha toute l'éloquence qu'il était capable de la convaincre. Si la jeune femme aimait vraiment Bud, si elle était prête à se débarrasser des assiduités de Raft et à écarter Raft de son chemin, et si elle voulait que cette tension nerveuse entre Bud et eux se dissipe, elle devrait accepter le voyage, car si quelqu'un était nécessaire Qu'il agisse comme un diplomate, personne n'est mieux placé qu'elle pour vaincre l'entêtement de Bud.

Cela a indigné Nancy et elle a répondu :

« Quelle est ton idée maintenant, papa ? Que je vous sauve de cette posture ridicule que vous avez adoptée pour votre propre plaisir ?

L'éleveur se gratta la tête, perplexe, et répondit :

"Eh bien, peut-être que tu as raison à ce sujet." Je ne me sens pas très à l'aise par rapport à lui, mais vous ne devez pas oublier que tout ce que j'ai fait a été pour défendre vos intérêts et pour stimuler d'une part et tirer les rênes d'autre part à ce poulain sauvage, plus sauvage que tous les étalons qu'il a chassés dans les montagnes.

« Tout cela est très bien, mais avec cela, vous ne faites que me montrer que toutes les bonnes choses que vous avez en tant que propriétaire de ranch sont horribles en tant que politicien. Je vais devoir supporter le poids de la bagarre si je ne veux pas jeter ma relation avec Bud par la fenêtre, et au cas où quelque chose manquait, maintenant je vais aussi porter la responsabilité de ce qui se passe à ce crétin Radeau.

« IOh ! ... Pas ça. Pour mémoire, je vous ai bien prévenu du risque que vous couriez de vous sentir comme un héros. S'ils vous envoient chez le dentiste à cause de vous, allez-y.

« Tout ça, en comptant sur Bud pour lui donner une fessée. Avez-vous pensé à ce qui se passerait autrement?

"Bien sûr que si, mais ce... ne serait pas une chose sérieuse."

« Comment pas ? Il me serait difficile de rompre définitivement avec Bud, car ce serait indigne de le voir humilié par cette marionnette. Vous auriez à le dédommager, Dieu sait comment, de tout ce qu'il a fait au ranch et vous me laisseriez fiancée à Raft, qui exigerait, à juste titre, que je l'épouse.

"Pas ça! J'ai seulement promis de consentir à ce qu'il vous assiége officiellement. Ce que je ne pouvais pas lui assurer, c'est que tu l'épouserais.

"Je n'aurais pas manqué plus que ça." Quoi qu'il en soit, vous avez fait un mauvais travail. Vous emmenez Raft à l'abattoir comme on dit vulgairement et ce n'est pas très noble.

"Eh bien, ça ne le sera pas, mais tu ne penses pas qu'il l'a mérité ?" Il continue de me harceler et de vous harceler et d'une manière ou d'une autre je dois l'accuser.

« N'avez-vous pas pensé qu'en raison de la haine qu'ils professent, ils peuvent régler cette question à coups de fusil ?

« Wow, ce n'est pas le cas ! Mais je ne le permettrai pas.

Ce serait trop. Je vais parler à Raft et l'avertir que je ne veux pas de coups de feu. Vous ne voudriez pas de lui avec les mains tachées de sang.

"Dites-lui que je ne l'aimerai en aucune façon et il sera plus noble."

« Ça jamais. Ce moment est passé.

Nancy était sur le point de dire qu'elle le ferait, mais, réalisant le bouleversement que cela allait lui causer, elle s'est abstenue.

Pour rendre le voyage moins pénible, Big avait préparé son cabriolet et, pour plus de commodité, il avait l'un des ouvriers qui l'accompagnait à cheval, qui avait attaché par sa bride le jacquier gris que Nancy avait l'habitude de monter lors de ses promenades quotidiennes.

Nancy avait prévu d'aller seule avec son père au ranch, mais à la dernière minute, elle a dû accepter les demandes de Rosa, sa femme de chambre, qui, bien qu'elle n'ait rien dit de la vraie raison qui l'avait poussée à désirer ce voyage, s'est sentie encline envers Fred et j'avais aussi hâte de le revoir.

Un matin, le cortège commença, auquel s'ajouta Raft. Il semblait qu'il allait conquérir le Nouveau Monde et s'il n'avait pas mené une armée d'éclaireurs pour lui donner une escorte, c'était sans doute parce que leur nombre ne donnait pas grand-chose d'eux-mêmes.

Très fier et fier, il gardait son cheval à l'écart du cabriolet et ses sourires étaient comme un épanouissement dédié à semer des roses sur le chemin de la jeune femme.

Ceci, sérieux et égocentrique, la fit réfléchir beaucoup plus loin que Raft ne le supposait. Nancy, bouleversée, se demanda comment Bud les accueillerait et dans quelle situation ils seraient tous les deux à l'avenir.

Mais Laurence, vaniteuse et fière, croyait que la jeune fille ne se souciait que de l'issue de son prochain combat avec Bud et osa même insinuer :

"Ne t'en fais plus, Nancy, tu verras comment tout se résout à ta satisfaction et sans violence."

Elle le regarda indéfiniment. Il l'avait toujours pensé comme un être doté de très peu de lumières, mais il ne l'avait jamais pris si frivole et inconscient et il se disait en son cœur qu'une nouvelle et définitive raclée était très bien méritée pour qu'il apprenne à juger le les choses de la vie avec un peu plus de réalisme et d'humanité.

Cette pensée lui fit renoncer à son intention de lui parler et le forcera à renoncer à une action qui n'allait lui apporter rien de bénéfique. Tout le monde devait profiter de ce qui était bien mérité et Raft n'avait pas le droit de gagner plus que ce qu'il recherchait lui-même.

* * *

C'était à la mi-octobre. L'automne s'annonçait déjà, dépouillant lentement les arbres de leur parure d'un vert éclatant et au loin des pitons rocheux la neige commençait à tisser son linceul, annonçant qu'elle l'étendrait bientôt à travers la vallée. Le matin, l'eau des bassins apparaissait avec une fine patine de glace que le soleil pouvait faire fondre immédiatement, et, la nuit, quelques bûches brûlant dans l'âtre étaient appréciées.

Bud avait vingt-quatre ans ce jour-là. Bud avait oublié jusqu'au jour où il était venu au monde, mais Fred avait eu la gentillesse de le lui rappeler sans autre encouragement que de l'agacer en lui faisant voir qu'il marchait vieux.

Bud a tenu compte de l'avertissement et a organisé un repas extraordinaire pour ses ouvriers ce jour-là. Elle mangeait avec eux dans le hangar général, leur présentait une grosse tarte aux pommes que la vieille fille avait faite avec soin, après le repas elle leur donnerait quelques verres d'eau-de-vie et quelques cigares qu'elle avait achetés au village, et même leur présenter quelques-uns. chansons de sa récolte, au rythme d'une nouvelle guitare qu'il avait acquise pour évacuer ses moments de mélancolie, quand le souvenir de Nancy débordait dans son âme et qu'il avait besoin de se remémorer la belle nuit décisive de sa vie, chantant la vieille chanson qui ainsi changé le cours de son existence.

Les cow-boys, prévenus par Fred, qui savait tout, avaient décidé de rendre la friandise en lui donnant quelque chose de pratique et ensemble ils avaient acquis un magnifique « Colt », avec une pince en os, sur lequel était gravé le nom de la personne favorisée.

Le revolver avait été soigneusement rangé dans une boîte en bois, enveloppé dans des bulles de coton et attaché avec des rubans de soie, comme s'il s'agissait de quelque chose de subtil et délicat.

Par conséquent, Bud avait décrété que ce jour serait considéré comme un jour férié, et à l'exception de quelques ouvriers qui surveillaient le pâturage et se relayaient toutes les deux heures pour que tout le monde profite de la fête, personne ne travaillait ce jour-là.

Après le repas et à l'heure des toasts, Fred se leva le verre à la main et, exigeant le silence, posa délicatement la boîte sur la table et dit :

"Cela me fait très mal que ces bêtes de pions à ma charge m'aient chargé d'être précisément celui qui remercie pour la fête et félicite Bud Raines pour son anniversaire, et je dis que ça a très mauvais goût, parce que je suis un homme si difficile à parler, que j'ai peur de gâcher un si bel acte.

"Mais, finalement, cet âne et moi nous sommes battus tellement de fois que même si nous le faisions à nouveau aujourd'hui, cela n'aurait rien de spécial et cela pourrait même s'avérer être le plus approprié pour une fin digne de la célébration.

"Cher Bud, j'ai la tâche de ces braves garçons de mettre entre vos mains un petit cadeau qu'ils ont acquis ensemble et de vous le dédier comme symbole de vos luttes et de vos efforts pour la prospérité du ranch. S'ils étaient partis à mon caprice, je te jure qu'au lieu de cette chose qui y est enfermée je t'aurais donné des jarretières ou un corset, car je comprends que c'est ce qui te va le mieux, vu ton caractère renfermé, ta timidité native et ta manque de courage pour monter à cheval, vous avaler en selle cinq cents milles, pour vous faufiler dans le ranch de ce juif rampant appelé Lou Big et amener sa fille Nancy sur la croupe, ce que vos ancêtres et les miens auraient fait s'ils avaient vécu à cette époque, dans laquelle nous nous vantons tous d'être courageux et à la fin,Nous ne sommes que des ânes apprivoisés qui ont appris à manier un revolver rapidement, comme nous aurions pu apprendre à manier une faucille ou un râteau.

"Mais bon, comme la chose est désespérée, là je te fais le cadeau et je vais, pour ma part, me demander quand tu seras prêt à l'utiliser pour que les gens n'oublient pas que tu es né avec un Colt" ta main puisqu'apparemment tu t'es endormi, avec le poids de l'arme.

Et pour la petite histoire, si tu nous le permets, la gracieuse prendra ta place et nous te jetterons dans la mare comme une grenouille galeuse, pour que tu meures de dégoût sous le limon. Je pense avoir dit ce que j'avais à dire.

Une salve d'applaudissements accueillit le discours incongru, et Bud, qui l'avait écouté entre amusement et agacement, se leva, verre à la main, en disant :

"Messieurs, le discours de cette bête Fred m'a tellement ému que je ne sais pas s'il faut lui tirer cinq fois dans le ventre pour qu'il puisse bien digérer ou lui faire un câlin, à cause de l'intérêt qu'il porte à moi."

"On ne peut pas critiquer les gens le jour où ils ont vingt-quatre ans, sans s'être mariés, alors que celui qui le fait a déjà vingt-cinq ans...

« Je proteste ! s'exclama Fred. Vous êtes insidieux. Vous accumulez des années pour moi et cela joue avec un avantage.

« J'insiste sur ce que j'ai dit et je le garderai avec mes poings si ce qui précède me montre que je mens. D'un autre côté, je suis le plus intéressé à réaliser un si beau programme, mais les choses n'ont pas été aussi faciles que ce con ne le pense. En tout cas, pour te le prouver, je vais remplir ce qu'on me demande avec tant de hâte. Avant un mois j'irai au Grand Canyon chercher Miss Nancy et je l'amènerai ici par degrés ou par la force, mais si plus tard toute la région du Colorado brûle à coups de feu je ferai retrouver ceux qui se perdent par ce barbare qui croit que l'amour est comme le bétail, qui peut être volé par le plus fort.

Les applaudissements coupèrent le discours et Bud, intrigué, détacha le paquet jusqu'à ce qu'il découvre le revolver.

Il le prit dans sa main, l'examina avec plaisir et le laissa dans la boîte, s'écria :

"Merci beaucoup, mes amis, mais... je voudrais demander à Dieu de ne me servir que pour décorer mon bureau et non pour tester sa qualité sur les viandes d'un autre homme." La vie change les sentiments des gens et moi qui croyais n'être né que pour vivre avec le "Colt" à la main, je me sens aujourd'hui comme l'a très bien dit Fred, qui me semble endormi sous le poids de l'arme.

"Quand d'une manière imprévue j'ai appris une nuit qu'il est plus facile de gagner l'amour et le cœur d'une femme avec le grattage d'une guitare et une chanson née du fond de l'âme, j'ai acquis la conviction que ce n'est pas avec le revolver qui permet d'obtenir les plus belles choses du monde, mais de les détruire.

Fred se gratta la tête à la dispute et répondit :

"Eh bien, vous avez peut-être raison, mais si vous ne l'obtenez pas... vous pouvez le garder, ce qui est la chose intéressante."

Quelqu'un s'est présenté au hangar avec la guitare pour que Bud chante une chanson, car tout le monde s'y intéressait beaucoup, et pendant que Bud leur faisait plaisir, Fred a quitté la réunion pour jeter un œil aux pâturages. Mais dès qu'il eut quitté la clôture, il revint comme une âme que le diable porte en criant :

"Bourgeon! ... Bourgeon ! ... Ils arrivent! Ils arrivent!

Le jeune homme, l'entendant et croyant qu'il s'agissait d'une nouvelle tentative d'assaut, appela le revolver et, le tenant en main, il sortit dans la cour suivi de ses hommes, en demandant :

"Qui arrive? Au diable votre silhouette, spoilers !

« Qui ça va être ? Fred répondit nerveusement. Ce grand juif. Et ça ne vient pas tout seul. Avec lui se trouve Miss Nancy et cette marionnette Laurence Raft.

Toute la joie qui lui avait fait entendre que Nancy venait s'aigrit quand Laurence fut nommé, et, mettant mélancoliquement le revolver dans son étui, il murmura :

"Bien. On voit que mes bonnes intentions sont inutiles. Quelqu'un a écrit dans le livre de ma vie que je dois mourir avec le "Colt" en main et ils réussiront.

Il traversa la cour et sortit de la clôture, jetant un large coup d'œil au chemin qui menait au ranch.

En soulevant des nuages de poussière dense, le cabriolet s'avança vers lui. De la pente, il pouvait parfaitement englober la silhouette de Big, épaisse et satisfaite, les mains croisées sur le ventre et un sourire malicieux sur les lèvres, tandis que Nancy, sérieuse et sévère, les yeux fixés sur la route, semblait plus inquiète et anxieuse. Quel plaisir de cette visite.

A côté de lui, hautaine sur le cheval, couverte de poussière mais droite comme une perche, Laurence marchait, et Bud pensa qu'il n'avait jamais trouvé Nancy aussi belle, ni Laurence aussi ridicule et antipathique que ce jour-là.

Des pions alignaient la porte sur deux rangées pour saluer la maîtresse tant convoitée, et Bud, se mordant la lèvre d'excitation et de colère, s'avança un peu, mais jamais assez pour leur faire croire qu'il allait rendre hommage aux voyageurs.

Le cabriolet s'est arrêté près de la clôture et Laurence, descendant diligemment du cheval, s'est avancé pour tendre la main à Nancy pour l'aider à descendre, mais elle a fait semblant de ne pas voir le geste et l'a fait du côté opposé, le laissant mécontent.

Bud saisit le geste et le remercia intimement. Il avait eu une envie folle de se précipiter vers la voiture et d'y plonger son intrépide ennemi.

M. Big, qui était descendu le premier, s'avança vers Bud en disant :

"Bon après-midi, M. Raines." Je veux supposer que vous ne vous attendriez pas à cette agréable visite.

"Je ne peux pas m'opposer à ce que vous supposiez ce que vous voulez", fut la réponse sèche.

Nancy, après une brève hésitation, s'avança et lui tendit sa main blanche, s'écria :

« Bon après-midi, Bud, comment vas-tu ?

« Très bien, mademoiselle Nancy. Je ne te le demande pas, car je vois que tu vas parfaitement bien. Veux-tu m'honorer en entrant ?

Il fit signe à Fred, qui regardait fixement Rosa, la femme de chambre de Nancy, et ordonna :

« Fred, qu'est-ce que tu fais là ? Guidez ces messieurs vers les salles ci-dessus.

Big, observant les pions alignés, fut surpris de l'affaire et demanda :

« Que diable cela signifie-t-il ? Avez-vous eu des nouvelles de notre arrivée et avez-vous mobilisé tous ces gangsters pour protéger vos arrières ?

« Je n'en ai pas encore besoin, M. Big. Aujourd'hui, ils font la fête.

« La fête pourquoi ?

"Parce que c'est mon anniversaire et que je t'ai invité à manger d'une manière extraordinaire, te laissant la liberté pour le reste de la journée."

Big feint d'être choqué par un tel acte de prodigalité et grommela :

"Comment? Mais pensez-vous que je paie l'équipe pour profiter d'un prétexte et arrêter de travailler ?

« Lorsque vous décidez de les payer à un moment donné, déduisez de mon salaire le montant qui leur correspond aujourd'hui. En attendant, ne vous vantez pas de ce que vous n'avez pas encore fait.

Big mordit sa lèvre et répondit:

"Eh bien, nous en parlerons."

Fred, qui avait perdu tout son sang-froid face à Rosa, écrasa plusieurs de ses compagnons en essayant de guider les voyageurs et marcha en avant, tandis que Bud, tournant le dos à Laurence qui l'avait regardé avec des yeux méchants, il suivait Nancy le laissant insultant à l'abandon.

Raft a bondi devant lui en disant :

"Salut mon pote." Vous pouvez être un grand tireur, mais vous pouvez aussi être poli. J'ai accompagné M. Big et le moins qu'il ait eu à faire est de me dire bonjour et de m'inviter à entrer. Le reste peut venir plus tard.

Bud le regarda de haut en bas et répondit :

"J'ai l'habitude de saluer qui j'aime et de ne pas le faire avec des gens que je n'aime pas." Si vous venez avec M. Big, laissez-le vous inviter. Je ne suis pas à son service, mais le sien.

Big se retourna vivement et, liant Laurence par le bras, dit :

« Excusez-moi, Raft, j'ai été distrait par la discussion. Bien sûr, vous êtes mon invité et, par conséquent, comme le ranch appartient à ma fille, qui est autant à moi qu'à moi, c'est moi qui vous invite à venir en son nom.

Raft sembla satisfait de la gifle morale donnée à Bud et entra au bras du rancher, tandis que Nancy, restant délibérément derrière, raccourcit son pas jusqu'à ce que Bud soit à côté d'elle.

Il souffrit toutes les douleurs du purgatoire, ne sachant comment se comporter avec elle. Nancy semblait froide et inquiète, mais elle était la seule qui avait gentiment tenté de briser la glace de cette situation, qu'elle ne pouvait pas rester longtemps dans une telle position.

Nancy a déclaré :

« Je trouve le ranch très changé, Bud. Il semble que des rénovations y aient été effectuées.

Bud répondit cérémonieusement :

"Oui, quelque chose a été fait pour le nettoyer, bien qu'en vérité je vous assure que je ne m'attendais pas à ce que vous l'honoriez si tôt de votre visite." Si j'avais su, j'aurais fait les arrangements extrêmes... si cela m'avait été possible.

"Beaucoup a été fait pour lui." Je m'en souviens quand je suis venu voir ma pauvre tante il y a quatre ans et c'était dommage. Pourquoi tu ne nous l'as pas dit ?

« Mademoiselle Nancy, il y a beaucoup de choses que je n'ai pas dites et non pas par manque d'envie, mais parce que mes opportunités ont été coupées. J'espère qu'on est venu parler et alors vous saurez beaucoup de choses que vous ne savez pas.

Ils avaient atteint le sommet de l'étage et Bud s'avança pour les guider vers le bureau.

Ils entrèrent tous en lui et Bud, se levant, demanda :

« Avez-vous un plan préconçu, M. Big, ou laissez-vous le soin à moi ? »

"J'en amène beaucoup, mais ils peuvent attendre." Que proposez vous?

"Si vous êtes intéressé à nous faire visiter la propriété en premier."

"Eh bien, allons lui rendre visite."

Bud les fit passer, leur faisant visiter l'intérieur, qui avait été refait et avait l'air joyeux et attrayant.

Big, avec un visage sérieux, ne commenta rien, mais dans son cœur il était content de ce qu'il voyait.

En regardant la galerie ; Nancy regarda celui-ci plein de pots qui commençaient à se faner et s'exclama :

"Oh que c'est sympa! En été cette galerie doit être idéale !

"Ce n'est pas mauvais." Maintenant, les vignes commencent à pousser qui fourniront de l'ombre et ce sera mieux.

Il était parti en dernière place pour leur montrer la belle chambre destinée à Nancy. Lorsqu'il ouvrit la porte et le lui montra, Big s'exclama ironiquement :

« Je vois que vous menez une vie de gourmet plutôt que d'éleveur, M. Raines. Cette pièce ressemble plus à une femme qu'à un homme.

"C'est ce que j'ai pensé quand je l'ai fait préparer." J'espérais qu'un jour le propriétaire viendrait ici et je l'ai fait décorer pour elle.

Gros mordit sa lèvre, enragé par le dérapage et Nancy, reconnaissante, s'exclama :

"Très mignon. Je pense que cela nous invite à y passer plus de jours que nous ne le pensions être ici.

Bud, très amusé d'observer la confusion de Big, demanda :

« Voulez-vous voir les pâturages et le bétail maintenant ? Il y a encore de la lumière et vous pourrez en juger.

"Bien. Nous terminerons la visite.

Bud a crié à Fred, qui était parti, ainsi qu'à Rosa, et a ordonné :

"Fred, emmène les garçons dans les pâturages." Les messieurs veulent voir ça.

Fred sortit avec les pions et Big, suivi de sa fille et de Raft, qui ressemblait à une banshee flottant autour d'eux, se dirigea vers le pâturage.

L'éleveur a vérifié qu'une nouvelle clôture d'épines avait été posée, que le bétail avait augmenté en quantité et que leur qualité était excellente, et il a également noté que le pâturage avait été agrandi avec les nouvelles terres achetées par Bud.

Feignant l'ignorance, il demanda :

« Avez-vous obtenu la permission de mettre du bétail sur les pâturages d'autres personnes ?

"Non, M. Big, ces pâturages appartiennent au ranch de Miss Nancy."

"Comment? Les ont-ils donnés ?

"Presque. L'acquisition n'était pas mauvaise. Ces cinq mille dollars que vous m'avez envoyés comme solde de notre premier compte ont fait des miracles.

Big a pris le coup, en disant:

"Nous en parlerons plus tard."

En traversant les nouveaux hangars, il découvrit, par la porte ouverte, le précieux étalon blanc que Bud s'était réservé et, le fixant, s'écria :

"Tu as un beau cheval, Bud, aussi à cause de ces cinq mille" dollars impairs?"

"Également. Ne vous dis-je pas que j'ai fait des miracles avec eux ?

Nancy, captivée par le cheval, s'approcha de lui en le caressant avec amour et Bud, la voix tremblante, dit :

« Mlle Nancy, ce cheval vous appartient et vous pouvez en disposer quand vous le souhaitez. » Je l'ai entraîné pour vous et j'attendais juste la chance de vous le donner.

Nancy hésita et répondit finalement :

"Merci, Bud, garde ça pour le moment de régler tous les comptes."

Ils retournèrent au ranch. Big averti avec impatience :

« J'aimerais que nous parlions un peu des affaires. Je pense que nous en avons tous besoin.

"Je suis à votre disposition.

"Eh bien, pour moi, tu peux commencer quand tu veux."

"Excusez-moi, mais je ne traite qu'avec les parties intéressées." Je peux le faire avec toi ou ta fille ou les deux, mais personne d'autre.

« Est-ce que vous le dites pour M. Raft ? » Si le Seigneur est comme s'il était de chez lui !

"Très bien, car lorsque la maison vous appartiendra définitivement, et ce sera dès que nous aurons réglé les comptes, donnez-la-lui s'il lui plaît, et pour ma part il n'y aura aucun inconvénient. En attendant, nous traiterons cette question nous-mêmes.

"Bien bien. Nancy, je pense que tu viens un peu fatiguée et tu aimeras te reposer. Allez dans la salle qu'ils vous ont galamment préparée et laissez Rosa vous aider à vous préparer pour le dîner. Quant à vous, M. Raft, vous pouvez choisir une chambre et procéder au nettoyage. Vous savez que vous êtes chez vous.

"Merci beaucoup, mais je préfère faire de l'équitation pendant que vous vaquez à vos affaires." À mon retour, nous allons certainement réparer le mien.

"Bien; comme vous voulez!

Nancy sortit et rencontra Rosa, qui l'attendait dans le couloir, tandis que Raft, un peu nerveux, incapable de définir sa véritable situation, descendit dans le patio, franchit la clôture, monta à cheval et trottina pour digérer l'instant. solennel qu'il a vécu, car il était en proie à la plus grande angoisse et ne pouvait prendre une décision qui l'éclairerait.

Son cœur l'avertissait qu'il était pris entre les dents d'un piège dont il ne pouvait se débarrasser, mais en tout cas il avait une attitude claire dans laquelle il n'abandonnerait pas. Il rembourserait la dette qu'il avait envers Bud, et après que Dieu aurait arrangé ce qui était le plus opportun.

CHAPITRE XII

COMMENT UN HOMME RÉAGIT

Ils étaient seuls dans le bureau Bud et Big, puis le premier plaça les livres comptables sur le tableau et les pointa du doigt, dit :

« Monsieur Big, voici toutes mes dettes, mais puisque vous êtes ma dette, je m'attends à ce que vous déposiez sur la table le montant du solde précédent. » Ensuite, demandez-moi ce que vous pensez être pertinent.

« Est-il essentiel que je dépose ce montant à l'avance ? Ma parole n'est-elle pas suffisante pour la payer si elle est juste ?

"Cela pourrait suffire, si tu avais été digne avec moi." Ce n'est pas assez, quand vous m'avez traité pire que le dernier et le plus méprisable de vos pions.

« Comment m'as-tu traité ? Quels comptes m'avez-vous donné de vos actions et de votre entreprise ? Vous saviez que vous aviez affaire à quelque chose qui ne vous appartenait pas.

« Mais ce qui m'intéressait autant que toi. Que serait devenu le ranch si je n'avais pas eu l'ingéniosité d'acquérir de l'argent et de payer les ouvriers, d'agrandir les pâturages, d'acquérir plus de bétail, de rénover cette maison en ruine et d'assurer son crédit ?

« Je ne doute pas qu'il l'ait fait de cette façon, mais comment l'a-t-il fait et pourquoi ne m'a-t-il pas rendu compte en temps opportun ?

"Parce qu'il m'a traité comme un inepte et comme un serviteur et je ne suis rien de tout cela." Je serai pauvre, parce que j'ai dilapidé ma fortune personnelle, mais j'ai l'ingéniosité d'en élever une nouvelle si j'y pense.

« Je ne suis pas convaincu par toi, Bud. Donnez-moi les comptes plus tard. Je vais voir si tu as raison.

"Je ne vous les donnerai pas sans avoir reçu l'argent au préalable."

"Je suis désolé, mais je ne peux pas être d'accord." Ce serait revenir au sujet de votre première lettre. Je répète que si c'est la justice, je paierai ce que je dois.

Exalté, Bud se leva, frappa les livres, les jeta au sol et cria :

« Il ne va rien donner, parce que je lui donne tout ! Je lui laisse un ranch qui vaut le double de ce qu'il valait quand je m'occupais de lui ; Je lui laisse deux fois plus de terrain que celui qu'il avait à mon arrivée ; Je vous laisse une digne équipe et non une équipe de voleurs de bétail ; Je le lui laisse payé jusqu'au jour et je lui laisse plus de bétail que j'en ai trouvé ici. Je te laisse aussi mes sept mois de salaire, que je te donne pour que tu puisses faire le cadeau de mariage à ta fille quand tu épouseras cet imbécile que tu as amené en ta compagnie, sinon avant que je te cloue contre le grillage pour un idiot . J'ai un destin et il s'accomplit. Je suis né avec le "Colt" en main et avec lui je vivrai jusqu'à ce que je tombe avec mes bottes, mais je ne vivrai jamais sous le contrôle de qui que ce soit,

Bud poussa violemment la table et se dirigea vers la porte, avec l'intention de partir. Big essaya de le retenir, mais il le repoussa brusquement et lorsqu'il l'ouvrit violemment, il s'arrêta confus lorsqu'il découvrit en vain la silhouette de Nancy barrant son chemin.

"Attends une minute, Bud," dit-elle vivement. Voudriez-vous m'accorder la grâce de quelques minutes de conversation ?

Bud hésita, mais avec un effort violent répondit :

"Tu es une femme et je ne peux rien refuser à une femme." Tu me diras ce que tu veux de moi.

« Je lui rappelle juste la conversation que nous avons eue une nuit sur la terrasse du ranch de papa. Il se souvient?

Bud, la gorge nouée, murmura :

"Oui! Nous parlions de souhaiter aux étoiles... des amours impossibles... quelques autres choses sur le sujet.

"En effet. On parlait aussi de murs qui empêchent de sauter pour prendre ce qui est le plus désiré. Je pense que c'est moi qui vous ai dit que si vous étiez un homme courageux et risqué de sauter ces murs... L'avez-vous fait ?

Bud la regarda avec angoisse. Dans les yeux de Nancy brûlait un feu étrange, quelque chose de grand et de sublime qui était comme la promesse et l'invitation de cette nuit, et, sans pouvoir se contenir, aveuglé par la splendide vision d'elle, devinant tout ce que son âme cachait et que Il n'avait pas eu le temps de comprendre, il étendit convulsivement les bras en s'écriant :

"Pas! Je ne l'ai pas sauté, bon sang ! Mais je vais le sauter maintenant même si je tombe à l'automne !

Et la tenant comme cette nuit-là, il l'embrassa à nouveau devant Big, qui éclata de rire.

Bud relâcha Nancy et, se retournant contre lui, cria :

"Ce qui vous fait rire?

« Quel plaisir j'ai eu à tes dépens, Bud. Je vous ai continuellement encouragé sans que vous vous en rendiez compte et vous avez joué à mon jeu sans le savoir. Jour après jour, j'ai été informé de tout ce que vous faisiez ici pour gagner ce que vous vouliez le plus au monde ; mais je n'ai pas pensé qu'il était approprié de passer ma main sur son dos pour le louer, au cas où il le croirait et s'évanouirait en chemin. Il y a des sentiers au milieu desquels vous ne pouvez pas vous reposer, car vous courez le risque de reculer et de vous égarer. C'est pourquoi je le poussais par derrière et je ne voulais m'arrêter qu'au dernier moment.

« Et quel est le dernier moment pour vous ? demanda Bud.

« Parce que c'est dit ?

"À cause de cette marionnette qui a été amenée comme escorte." Si votre but était de mettre un terme à cette mascarade, quel était l'obstacle ?

« C'est le dernier obstacle que tu dois éliminer, Bud. Désolé, mais il n'y a pas d'autre solution. C'est une ébullition qui est sortie il y a longtemps et qu'il n'y a eu aucun moyen d'éliminer.

Nancy se leva avec colère pour dire :

« Ce n'est pas vrai, papa. Tout ce que vous avez à faire est de le virer.

"Non, ma fille, Laurence est de celles qui ne se convainquent qu'à coups de poing." Je te l'ai dit et tu le sais. Il est venu obstinément ici pour que vous soyez témoin de sa défaite pour la deuxième fois et il doit être content.

Bud, l'entendant, quitta la pièce, à toute vitesse et descendit dans le patio, cria :

« Où est ce type qui accompagnait M. Big ?

« Il a dit qu'il allait se promener dans la vallée. Je ne pense pas que cela prendra longtemps.

A cet instant, le cheval de Laurence se dessina au loin et Bud, le cœur débordant de joie, attendit qu'il arrive.

Lorsque Raft atterrit sur le sol et découvrit Bud, il serra les dents et demanda :

« La conférence est-elle terminée ? Puis-je savoir quelle est ma situation dans cette maison ?

"Oui, et je vais te le faire remarquer." J'ai arrangé avec M. Big et sa fille mon prochain mariage avec Nancy. Cela vous donnera une idée de votre situation et maintenant, comme je sais que vous êtes venu avec l'intention de rembourser cette dette impayée, je suis à votre disposition pour la régler, mais gardez à l'esprit que la fin ne changera pas du tout pour toi. Gagnante ou perdante, Miss Nancy sera ma femme.

Raft devint tout pâle quand il l'entendit. Il réalisa, bien que tardivement, qu'il avait été un jouet entre les mains du Grand rusé et une rage sourde l'envahit.

Contrôlant sa colère, il dit froidement :

"C'est bon, Bud." Vous gagnez et il n'y a plus à parler de cette affaire. J'ai été idiot de ne pas comprendre que ce qui s'est passé cette nuit-là dans la cour du ranch était plus profond que je ne l'avais supposé, mais il n'y a pas le droit de se moquer d'un homme comme l'a fait M. Big. Je ne suis peut-être pas un bon match pour votre fille, mais je ne suis pas une mauviette ou un lâche à qui on apprend la bravoure avec les poings.

"Tu m'as vaincu une fois quand, animé d'une rage sourde et d'un grand espoir, je me suis battu avec toi pour défendre mon amour et je sais que tu me vaincras mieux aujourd'hui que les triomphes sont à toi et que je vais me battre pour une cause vide; mais, pour Avant tout, je veux établir que je suis homme à me résigner aux défaites, mais pas à les éviter.

Il ôta sa veste et sa ceinture, qu'il jeta de côté et dit :

"Quand tu veux, je suis prêt à commencer..."

Bud sentit toute sa haine pour Raft mourir à cause de son trait masculin viril, et s'approchant de lui, il répondit :

« Écoute-moi, Laurence. Tu sais que je ne suis pas un lâche. Tu sais aussi que je vais te battre aujourd'hui mieux que jamais, précisément parce que je me bats pour tout et toi pour rien. Mais je veux te dire quelque chose que je n'aurais jamais pensé devoir te dire. Aujourd'hui, tu es devenu un homme gentil pour moi. Vous m'avez montré que vous avez un tempérament viril et je rends hommage à des hommes entiers. Cela me ferait de la peine de le voir s'éloigner de ce ranch délabré et brisé, plein d'un double ressentiment qui ne mènerait à rien. Ni à mes yeux ni à ceux de Nancy, vous ne vaudrez rien si vous vous résignez et renoncez à ce combat insensé qui ne mènera à rien. Tu finis de montrer que tu es un homme acceptant ce que le destin t'a imposé et prends-moi en exemple. J'avais tout abandonné en votre faveur, croyant que Nancy vous aimait. J'avais déjà renoncé à le tuer alors qu'il était l'homme désigné pour être né avec le "Colt" en main. Un jour, j'étais convaincu qu'on gagne plus de choses avec une chanson et une guitare qu'avec des poings ou des coups, et j'avais décidé de ranger le revolver pour toujours. Ne me faites pas penser que ça ne devrait pas être comme ça et que je devrais le manier bêtement avec vous, si après le combat vous n'êtes pas satisfait et vous continuez à penser à une revanche. Ce que nous ne résolvons pas en tant qu'êtres humains, nous ne le résoudrons pas comme des bêtes. si après le combat nous ne sommes pas satisfaits et continuons à penser à une revanche. Ce que nous ne résolvons pas en tant qu'êtres humains, nous ne le résoudrons pas comme des bêtes. si après le combat nous ne sommes pas satisfaits et continuons à penser à une revanche. Ce que nous ne résolvons pas en tant qu'êtres humains, nous ne le résoudrons pas comme des bêtes.

Raft resta un instant tendu, comme s'il doutait de l'attitude à prendre. Soudain, il fit deux pas, ramassa sa veste et sa ceinture, les enfila, et, sautant sur le cheval, il traversa la clôture en disant :

« Au revoir, Bud, bonne chance à toi ! Dites à Nancy que je pars comme un lâche pour ne pas perdre au moins son estime.

« Au revoir, Radeau ! Bud a crié. Et ne pense pas ça. Vous ne partez pas comme un lâche, mais comme un vrai homme. Un jour, vous le reconnaîtrez ainsi.

Le cheval s'est perdu dans la poussière de la route, et alors que Bud entrait dans la cour, il a rencontré Fred, qui, très désolé, a déclaré :

"Eh bien, vieux renard, tu as déjà résolu ton procès, mais et moi ?" Comment vais-je le résoudre, si je n'ai personne avec qui me battre pour contester l'amour de Rosa ?

"Pas? s'exclama Bud ironiquement. Maintenant, vous verrez que oui!

Et avant que le naïf contremaître n'ait eu le temps d'être sur ses gardes, il a claqué un coup direct au menton qui l'a laissé affalé sur les dalles de la cour.

Puis il le porta sur son épaule et, montant l'escalier, se dirigea vers la pièce où Rosa préparait les vêtements de Nancy.

La jeune fille, le voyant arriver avec le corps inanimé de Fred, poussa un petit cri et s'écria alarmée :

« Qu'est-ce que c'est, M. Bud ? Qu'est-il arrivé au pauvre Fred ?

« Qu'il est plus idiot que moi, et c'est assez dire. J'étais très désolé parce que je n'avais aucun ennemi avec qui me battre pour disputer votre amour et je me suis donné pour vous donner ce plaisir. Dis-moi si je te laisse, ou te jette dans un étang pour te noyer pour un idiot.

Rosa, indignée, s'écria :

« Et c'est pour ça que tu as dû le maltraiter comme ça ? Tu penses que j'ai besoin d'une merde au lieu d'un homme ? Pour l'aimer, le visage qu'il a suffit. Je n'ai pas besoin d'être le poing » changé.

Bud, souriant, s'écria :

"Eh bien, il n'y a pas besoin de se précipiter." Dans trois ou quatre heures, vous l'aurez à nouveau. Comme j'étais déterminé à ne plus me battre avec lui, j'avais besoin de lui faire mordre le sol un jour et je l'ai déjà fait.

Soudain, Fred se leva et, le regardant d'un air moqueur, dit :

« Qu'est-ce que tu crois ça, connard ! Voyons si vous pensez que je n'ai pas vu l'action ! Ce qui se passe, c'est que je voulais me moquer de toi, te donner cette stupide satisfaction..., mais, finalement, je te remercie, parce que tu m'as évité d'avoir à faire quelque chose de plus difficile et dangereux pour moi que de me battre avec vous.

"Quoi? Espèce d'animal !

"Eh bien, je dois témoigner à ce jeune." C'était plus dur pour moi que de combattre douze hors-la-loi.

Bud, désillusionné de ne pas avoir vaincu son ami grossier par surprise, s'exclama d'un ton menaçant :

"C'est bon; Moquez-vous, mais ne criez pas victoire. Je te jure que le jour du mariage, je vais te donner une telle raclée qu'ils vont devoir t'emmener à l'église sur une civière.

« Je devrais le voir ! s'exclama Fred. Et maintenant, va-t'en, je dois dire quelques mots à ce morceau de sucre. Si vous êtes un idiot au point de perdre votre temps à menacer de vous battre au lieu de chanter des chansons d'amour à votre tourment, je ne suis pas coupable. Sors d'ici!

Et d'une superbe poussée, elle le mit dans le couloir en claquant la porte...

FINIR

www.ingramcontent.com/pod-product-compliance
Lightning Source LLC
LaVergne TN
LVHW101947220826
846093LV00006B/131

* 9 7 9 8 2 0 1 6 0 1 5 2 2 *